この素晴らしい世界に祝福を!
ファンタスティックデイズ
KONO
SUBARASHII
SEKAI NI
SYUKUFUKU
WO!
JN091974

ダクネス

Mで大貴族の令嬢で
険者にして騎士。
名はダスティネス・
ォード・ララティーナ。
近の悩みは堅い腹
。お色気担当。

めぐみん

爆裂魔法と呼ばれる最強魔法を極めることに生きがいを感じている紅魔族のアークウィザード。爆裂魔法しか使わないし使えない。

アクア

カズマの死因をバカにした結果、異世界転生の道連れに遭った水の女神。アクシズ教の御神体。

カズマ

主人公。ひきこもりの高校生だったが偶然外出した際に交通事故(!?)に遭って死亡。のち異世界転生を果たす。

アクセルハーツ

エーリカ

り子ユニット・アクセルハーツの
員で、可愛さにこだわりを持つ
ンジャーの少女。わがままでマイ
ースだが、おだてられるとすぐ調
こ乗ってしまうお調子者。

シエロ

踊り子ユニット・アクセルハーツの一員で、踊りが得意なアークプリースト。内気で優柔不断なボクっ子だが、男性恐怖症のため男性に触られるとすぐに手が出てしまう。

リア

踊り子ユニット・アクセルハーツのリーダーで、歌が得意なランサー。努力家で真面目な性格だが、やや抜けてるところも。ぬいぐるみの「コン次郎」を大事にしている。

この素晴らしい世界に祝福を！ ファンタスティックデイズ

原作：暁 なつめ
著：昼熊

角川スニーカー文庫

23079

口絵・本文デザイン：百足屋ユウコ＋松浦リョウスケ
（ムシカゴグラフィクス）
口絵・本文イラスト：三嶋くろね

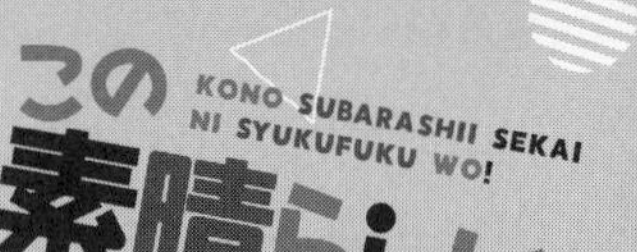

この素晴らしい世界に祝福を! ファンタスティックデイズ

CONTENTS

◇プロローグ

今日一日は怠惰に過ごすことを決めた俺は、屋敷内でだらだらと至福の時間を満喫していると、とんがり帽子に黒ずくめの格好をした、いかにも魔法使い風の少女——めぐみんが目の前に迫ってきた。

「カズマ、クエストに行きましょう！」

「今日はパス」

「そう言って昨日もその前もずっと屋敷に籠もりきりだろう？　一体いつになったらクエストに出るんだ？」

適当にあしらおうとしたら、今度は見た目だけは立派に見える金髪女騎士——ダクネスが割り込んできた。

「クエストは危険だからなー。怪我なんかしたら嫌だろ？　無理にクエストに行く必要ないって、生活は潤ってるんだし」

こいつらはなんでこんなにも働きたがるんだ。だらだらと寝て暮らして、働きもせずに食う飯は最高じゃないか。

「なんという怠慢！　アクアからも言ってやってください!!」

「……いいえ、今日のカズマさんは間違ったことを言ってないわ。私達最近、ちょっと頑張りすぎだと思うの！　もっと自分を甘やかしましょうよ！　ということで、秘蔵のシュワシュワを――」

青髪に青い服。黙って動かなければ絵になる美少女が、俺の言葉を肯定してくれる。よく言ったアクア。長い付き合いだけのことはある。よく分かっているじゃないか。

「こんな昼間から……本当にこんなことでいいのか？」

思案顔のダクネスが首をかしげると同時に、緊急の警報が鳴り響く。

「え、なになに!?」

『緊急クエスト！　緊急クエスト！　冒険者各員は、至急正門に集まってください！』

続いて聞き慣れた、ギルドの受付嬢の声が流れる。

「この警報も久しぶりだな……。すべてが懐かしい」

「暢気(のんき)な事言ってないで。ほら、早く!!」

めぐみんが必死になって俺を押している。正直に言ってやる気が出ない。

そもそも、今日は一日だらだら過ごすと決めたんだ。この程度の事で自分の意志を曲げる気はない！

「先に行っててくれ……。俺はもう、箸より重い物は持てない体になったんだ」

「どこぞの大富豪のようなことを言わないでください！　いいから行きますよ!!」

このまま駄々をこねても強引に連れて行かれそうだな。もう少し抵抗したいところだが……後ろでダクネスがロープを持ち出してきた。

「おい、そんなもんでどうする気だ？　俺にそんな趣味ないぞ、ダクネスと違って」

「動かぬなら強引に連れて行くしかあるまい」

頬をちょっと紅潮させせんな。なんで、嬉しそうなんだよ。

「分かった。じゃあ、代わりにお前をそれできつーく縛ってやるから、それでいいだろ？」

「そ、そんな誘惑に私が乗るとでも思っているのか」

それを誘惑と認めている時点でアウトだ。

「思ってる。というか確信している。さあ、ロープを渡して後ろを向くんだ」

「私を甘く見るなよ！　だが、どうしてもと言うのであればやぶさかではない」

口ではこう言っているが体が思っていた以上に正直なようだ。くるりと振り返り、縛りやすいように手を後ろに回している。

「なにやっているんですか、ダクネス！　バカなことをしていないで行きますよ！」

◇第一章

1

正門前はすでに人だかりが出来ている。

アクセル中の冒険者が集まったのではないかと思うほどの大盛況だ。

辺りを見回すとよく知った顔の連中がいる。

金髪に赤目のチンピラ冒険者ダスト、とその保護者である魔法使いのリーン。パーティーメンバーのテイラーとキースもいるな。

「よっしゃあ！　博打(ばくち)代を稼ぐぜ！」

「その前にあたしの借金返しなさいよ」

「気が向いたらな！」

あいつ、いつも金に困ってるな。まあ、昔は俺も人のことは言えなかったけど。

だけど、今は違う。もうあくせく働く必要はないぐらいの蓄えが出来た。

「フッ、今年は随分早いお着きだな」

厳つい顔とモヒカンがトレードマークのおっさんが、前を見据えて呟く。

視線の先を追うと——無数のキャベツが飛んでいた。

そう、あの丸くて緑色の野菜だ。

普通なら驚くなりする場面なのだろうが、この異様な光景にも慣れてしまっている自分が怖い。

「キャベツか……おい、あいつらがやってくるのは秋のはずだろ？　今はまだ春じゃないか!!」

自分でもおかしな事を口走っている自覚はあるが、この世界ではなんの問題もない。

「あら、カズマったら知らないの？　あいつらはね、秋まき春どりの春キャベツ。美味しさが格別なのよ！　しかも高値で売れるし、つまみにもなるし。さあ、収穫しましょう!!」

意気揚々と突っ込んでいくアクアの背を眺めながら、俺は大きなため息を吐いた。

2

「助けてカズマさーん!!　このキャベツ達、前のやつらより凶暴なんですけどおおっ!?」

やっぱり、こうなったか。

キャベツに追い回され悲鳴を上げるアクアを眺めながら、大きく伸びをする。

すると俺と一緒に遠巻きに戦場を見守っていた、ギルドの美人受付嬢と評判のルナが口を開く。

「春キャベツは元気が有り余っていてよく運動するそうです！　だからこそ美味しさも一層引き立つのだとか！」

えらく嬉しそうに語っている。キャベツ好きなのだろうか。

「ぐぬぬ……一カ所に集められさえすれば、我が爆裂魔法を食らわせてやるというのに」

めぐみんがいつも通り物騒なことを口走っている。

俺はキャベツであふれる戦場で必死に戦っている冒険者を眺めながら、たまにスティールでキャベツを確保するなど、程々に働いておく。

「おい、みんな大変だ！　今日帰ってくるはずだった劇団の馬車が、まだ帰ってきてないんだとよ!!」

「春キャベツに襲われたんじゃないか？　助けに行こうにも、このキャベツの大群の中を進むのは……」

冒険者達が騒いでいる声が耳に届く。

キャベツという単語が緊迫感を台無しにしているが、良くない状況のようだ。

……放っておいても、誰か正義感のある冒険者が助けに行くだろう。

「よし、見捨てるわけにはいかない！　私達で馬車を探しに行こう。キャベツの攻撃は私が盾となって防いでみせる!!」

意気揚々と宣言したのはダクネス。言葉だけは立派なのだけど。

「お前……今、嬉しそうにしてただろ？」

「してない」

顔が笑ってんだよ！

わざわざ危険を冒す必要はないと止めようとしたが、ダクネスはもう走り去っていて、ためらうことなくキャベツの群れに突っ込んでいく。

「あの、バカ！　俺達も行くぞ！」

放っておいても死ぬことはないだろう。防御の面に関しては信頼しているからな。

だけど、助けに行ったところで攻撃が当たらないので、なぶられ続ける的でしかない。

……本人はそれが望みなのは無視するとして。

両手を広げ突入していくダクネスの体に、四方八方からキャベツが突撃している。

「ハァ、ハァ、今日のキャベツの攻撃は格別だな！　重くて、硬い一撃……たまらん!!」

余裕がありそうだ。しばらく、放置していても大丈夫か。

こうなったら乗りかかった船だ、先に馬車の方を片付けるとしよう。謝礼をもらえるかもしれない。

「見てください、カズマ！　荷車がありましたよ!!」

「おい、乗ってるやつ！　生きてるか!?」

荷馬車の近くでうずくまっている小太りの御者らしき男に声をかけると、おびえた表情が少し緩む。

「ああ、なんとかな。でも馬が逃げちまって……」

「他の乗客はいないの？」

アクアが御者の傷を癒やしながら質問を口にする。

「ああ、踊り子もいたんだが先に逃がしたよ。俺は荷物が心配で……」

踊り子？　そういや、劇団の馬車とか言ってたな。

「だからって、ここにいたら荷車と心中しちまうぞ？　俺達と一緒に来い！　ダクネス！　おっちゃんを安全な場所に運ぶから、もっとキャベツを引き寄せてくれ!!」

大声で指示を出すと、驚いた表情でこっちを見た。

「こ、これだけダメージを受けてるのにまだ壁になれと!?　ふふふ……望むところだ!!　もっと、もっと……私を壁に使ってくれ!!」

両手を広げ歓喜に頬を染めたダクネスに、キャベツの群れが襲いかかる。

「今よ！　ダクネスが囮スキルでキャベツを引き付けている隙に!!」

「おっちゃん、こっちだ!!　荷車から離れろ!!」

「あ、ああ。しかし荷物が――」

まだ渋っているおっちゃんの手を引っ張り、荷馬車から遠ざける。

「カズマ!!　私はいつでも爆裂魔法を撃つ準備は出来ていますよ!?」

タイミング良く、めぐみんが声をかける。

「ちょうどキャベツも一カ所に集まっているしな。こいつらを片付けて、逃走経路を確保だ！　いけ、めぐみん！　ただし荷車は巻き込むなよ!?」

「我が名はめぐみん。紅魔族随一の魔法の使い手にして、爆裂魔法を操りし者!!」

魔法の詠唱が始まった。おっと、忘れかけていたが呼ばないと。

「ダクネス、巻き込まれないよう早く逃げろ!!」

「ああっ……もう少し、もう少しだけ――」

「頭沸いてんのかー！　早くこっち来ーい!!」

いくら硬さ自慢のダクネスでも爆裂魔法の直撃は危険だ。昔ならまだしも、最近は爆裂魔法の威力も上がっているからな。

「ふっふっふ……我が力、見るがいい！　『エクスプロージョン』ッ!!」

魔法の一撃は見事にキャベツの群れを吹き飛ばし——馬車も粉砕した。

「お前、何やってしいるんだよ！　荷車まで吹っ飛ばして!!　巻き込むなって言ったよな!?」

「紅魔族の辞書に手加減などという言葉は存在しません。ふっ……ナイス爆裂！」

こんのガキー！　倒れたまま放って帰ってやろうか!?

「あ、あんた達、なんということを……!!」

怒りを押し殺した声が背後からする。恐る恐る振り返ると、ぶるぶると小刻みに震える御者の姿が。

「わ、悪かったな……でもまあ、怪我もなかったたし。よかったじゃないか」

どうにか穏便に済ませられないかと、優しく相手をなだめてみる。

「バカを言うな!!　あの荷車にはなぁ——」

3

すべてが終わり、重い体を引きずるようにして酒場へとたどり着く。

ウエイトレスにシュワシュワを頼み、崩れるように席へ腰を下ろした。

「なんてことを……。劇団の馬車だって聞いていたのに……っ」

「荷車に貴族への献上品を載せてるとは夢にも思わないわよね。どうして劇団の馬車が運搬の仕事も請け負ってるのよ!!」

　隣に座ったアクアが、憤りを隠そうともせずに愚痴をこぼしている。

「まったくです。そんな荷物があると知っていたら、爆裂魔法を撃ちませんでしたよ」

　俺の対面にめぐみんとダクネスが立っている。今、やって来たようだ。

「……いや、お前なら撃っていたね」

「そ、そんな事はありませんよ」

　挙動不審な態度と泳いだ目がすべてを語っている。

「貴重な貴金属の損害で……四億五千万エリスの弁償……。無理だ、どうやって返せばいいんだ!?」

　借金生活からおさらばして、やっと掴んだ幸福な日常だったのに！　またか、また借金生活に舞い戻るのかっ!?

　勘弁してくれ。前も返済にどんだけ苦労したと思ってんだ！

「報酬のいい高難易度クエストに挑戦するしかないわね。それこそ、魔王軍幹部を退治するような!!」

「高難易度クエストか……やりたくねー。それに、やるとしても俺達だけで大丈夫か？　高難易度クエストを受けるなら、ギルドでパーティーメンバーの募集を出して――」

「ごめん、ちょっといい？」

「ん？」

アクアとの会話に割り込んできたのは黒髪の女の子だった。

長く艶やかな黒髪にワンポイントで金色の髪留め。細身で冒険者らしき格好をしているが、冒険者ギルドで見た記憶はない。

「話が聞こえてきたんだけど。きみ達、高難易度クエストに挑戦する気なの？」

「いや、まだ決めてはないんですけど……」

「あの、もしよかったらなんですが……。ボク達もパーティーに入れて頂けませんか？」

黒髪の女の子の後ろから、ひょこっと現れたのは金髪でボーイッシュな髪型をした女の子だった。ボク達ってことは二人は冒険者仲間なのか？

「というか、入ってあげるわよ。アタシとクエストに行けるなんて嬉しいでしょう？」

更に乱入してきたのはピンク髪のツインテールという、かなり目立つ髪型の女の子。高飛車な口調だがイヤな感じはしない。ただ……属性盛りすぎだろ。

こんな状況で三人の美少女が現れるなんて、何かのフラグだろうか？

「多分、足手まといにはならないと思う……ダメ？」

黒髪の子がリーダーっぽいな。俺に向かって一歩踏み出してきた。

「確かにパーティーメンバーは募集しようと思ってたけど。どちら様ですか？」

アクアの質問はもっともだ。いきなり、こんなことを言われても心の準備が。

三人組の女の子は顔を見合わせると一度うなずき、俺達に向き直った。

「そうか、自己紹介をしていなかったな。私達は全員踊り子で、ユニットを組んでるの。アクセルの街を中心に各地をまわってて――」

「細かい説明はいいわよ。自己紹介を聞いてもらった方が早いわ！」

説明を遮ったのはピンク髪ツインテールだ。

「え、えっと……恥ずかしいけど、頑張りますっ！」

意気込んでいるのはいいんだけど、何を頑張るんだ？

「ボクのこと知りたーい？　教えろ教えろシエロちゃん!!」

シエロちゃんとか言い出した子が、お辞儀をするように上半身を倒して口元に手を当てている。

……なんか、ボーイッシュな子が意味不明なことを始めたぞ。

「み、見た目はクール。中身はホット！　リアでほっと一息ついて、ね……っ!!」

ね、と同時にした黒髪の子のウィンクがぎこちない。よく見ると顔が真っ赤だ。

となると、次はピンクツインテールの番か。

「世界中の可愛いが大集合！　可愛さ一〇〇〇パーセント、エーリカでーす!!」

くるっとその場で一回転して、満面の笑みを見せる。

この子は照れもなく一番様になっているが……あいたたた。

そして、三人は目配せをすると横並びになる。

「「「千年に一組の踊り子ユニット！　アクセルハーツ!!」」」

タイミングが微妙にずれてはいるが、ポーズを決めた。

あれ、なんだこの感じ？　恥ずかしいような懐かしいような。日本でこういうの見た気が……。

「なかなかいい自己紹介ね……。私達も負けないように、こういう自己紹介をするべきかしら？」

なぜかアクアが乗り気になっている。

「ほほう、決めポーズですか。ここは我々も格好良いのを考えておくべきでは？」

「大衆の面前であんな事をやれというのか!?　貴族である私が好奇の目にさらされ、羞恥心に身悶え……悪くないな」

なんでお前らも、やる気になってんだよ。

「やめてくれ。……俺はサトウカズマ。んで、隣のこいつはアクア。で、そこの二人がダ

クネスとめぐみんだ」

「三人とも踊り子だったのね。どうりで可愛いと思ったわ」

「可愛い……？　ねえ、今アタシのこと可愛いって言った⁉」

「へ？　言ったけど、それが何――」

喜びに満ちた顔で、アクアの前に身を乗り出すエーリカ。

「くふう、もっと言いなさい！　そして可愛いアタシがパーティーに加わってあげるんだから喜びなさいっ!!」

体をくねらせて全身で喜びを表現すると、俺に指を突きつけ上から目線で命令してきた。

なんだこいつ……可愛いって言葉に過剰反応してる？　あまり近づきたくないタイプの女だな。

「ちょっと、エーリカちゃん。初対面なのにそんな言い方ダメだよぉ……」

「それで、どうだろうか？　私達をきみのパーティーに――」

「却下、踊り子が三人いても戦力にはならん！　こちらとしては攻撃力の高い上級職が希望だ!!」

一瞬の迷いもなく即答した。

話を最後まで聞く必要もない。さっきの名乗りといい、どうにもヤバい気配がする。見た目が良くても中身がアレなヤツは身近で散々見てきたからな。

「お、踊り子は仕事であって。冒険者としての職業はちゃんとあるんだ！　私はランサー、槍使いだ。攻撃力には少し自信がある。で、こっちのエーリカは——」

「レンジャーよ。可愛いだけじゃなく、クエストに役立つスキルも多いんだから！」

「ボ、ボクはアークプリーストです。後方から回復魔法で支援させて頂けましたら……」

バランスが取れた三人組ではあるのか。

「残念ね。うちのパーティーには私という凄腕美人アークプリーストがすでにいるの！」

「そんな仲間がいた記憶はない！　おい、掴みかかるな。……まあ、こいつは能力だけは無駄に高いからな。……ってことで、他をあたってくれ。じゃあな」

返事をする暇も与えずに、頭を鷲掴みにしたアクアを連れて席を移動する。

こっちは新たな借金問題で頭を悩ませているというのに、面倒そうなパーティーの相手なんかしていられない。

「あ……」

「何よアイツ。見たところ最弱職の冒険者でしょ？　それなのにアタシ達の加入を断るなんて……」

「ど、どうしよう……他にメンバーを募集しているパーティーはないし……」

「諦めるな。私達の実力をアピール出来れば……」

三人で相談する声がかすかに届く。

最弱職で悪かったな。これ以上、手間のかかる連中は勘弁してくれ。アクア達の世話だけで手一杯だ。

4

めぐみん、ダクネスとは別れて、街中をぶらついている。

アクアは暇だったようで、肩を並べて歩いていた。

「さっきの踊り子達、ちょっとかわいそうだったかな？　でも、あれならダスト達と組んだ方が、まだマシな気もするし」

「その通りよ。私達に必要なのは、高難易度クエストに行ける実力者なんだから!!」

アクアの言う通りだ。……俺達の実力を棚に上げて言うなら。

「ああ、どうしたらいいの!?　アタシが高難易度クエストに行かなくちゃならないなんて!!」

「ん、なんだなんだ？」

街中で突如響き渡る声に促され顔を向けた途端、しかめ面になる。

「こんなに可愛いアタシじゃ、高難易度クエストなんて無理よ！」

「そ、それならばー。私が同行しようー。こ、これでも、槍術の大会で、優勝した、腕前なのだー」

「ボ、ボクもお供します！　アークプリーストですが、武術の心得もあるんですよ!!」

「これだけ有能な人達がいれば、ドラゴンが来ても怖くない！　今なら可愛いエーリカちゃんもついてくるわよ!!」

進行方向にいるのは、さっきの三人組かよ。しかし、なんという三文芝居……もしかして、パーティーに入れてくれとアピールしているつもりなのか？

「カズマさん……あの人達、チラチラこっち見てるんですけど」

「見るなアクア！　目を合わすと情が移るぞ！　足早にここを立ち去るのが得策だ!!」

アクアの顔を掴み強引に目をそらさせると、方向転換して駆け出す。

「あ……行っちゃった」

「なぜだ……自然な形でアピール出来たと思ったのに」

「どこがよ！　アンタ達、演技が大根すぎ。ここは、アタシが一肌脱ぐしかないわね!!」

背後からもめている声がする。

エーリカの指摘はごもっともだが、あんたのは演技が過剰だ。

5

――翌日。

いつものように屋敷のソファーで怠惰な時間を過ごしていると、アクアが手にした何かを振りながら歩み寄ってきた。

「カズマカズマー、郵便受けに荷物が届いていたわよ？」

「俺宛に？　なんだろ、差出人も書いてないし……。ひとまず開けてみるか」

心当たりはないのだが、危険物が入ってるってこともないだろうしな。

「こ、これは……女性物のストッキング!?　どうしてこんな物が……？」

「あら、ここに手紙も入っているわよ？　ええっと……『これは手付けよ。仲間にしてくれたらもっといい物をあげるわ。可愛い可愛いエーリカより』だって」

「あの女、何を考えているんだ？」

本当に理解が出来ん。こんなもんで一緒に冒険をしたがると本気で思っているのか？

「何を考えているか、だと？　それはカズマの方じゃないのか？　リビングで女性物のストッキングを見ながらニヤニヤと……。誰のストッキングだ!?　まさか盗んできたのか!?」

面倒なタイミングでやってきたダクネスが俺を問い詰めてきた。

「ち、違う！　これは勝手に送られて――」

「変態ですか？　やっぱりカズマは変態なのですか!?」

めぐみん、やっぱりってなんだ！　やっぱりって！

「待ってくれ！　ダクネス、めぐみん、俺の話を聞いてくれ!!」

「寄るな変態！」

「半径五メートル以内に近づかないでください！」

「めぐみんはまだしも、ダクネスに変態呼ばわりされるいわれはねえ！」

「な、なんだとーっ！」

あの踊り子達のせいでパーティー内の俺の立場がどんどん悪化して……くそ!!

「アクア、ついてこい！　あいつらに文句を言いに行くぞ!!」

6

冒険者ギルドに飛び込み、辺りを見回す。

あの問題児どもはどこだ。……いやがった！

「本当に大丈夫なのか？　あんな物を送ったりして……」

「大丈夫よ。きっとそのうち、むこうから頭を下げて『仲間に入ってください』って言いに来るはずなんだから！」

「言うわけないだろ！　見つけたぞ！　このクソ踊り子がっ!!」

諸悪の根源を目の当たりにして、思わずピンク頭を叩いた。

「痛っ！　いきなり頭を叩かないでよ!!　バカになったらどうするの!?」

「既にバカなんだよ！　変な物を家に送りやがって。お前のおかげで仲間に変態扱いされたんだぞ!?」

「そうよそうよ。既に変態扱いされてるとはいえ、あんなの送ってこられたらダメ押しになっちゃうじゃない」

「お前は一言多い……おい、待て。えっ、変態扱いされてるの俺？」

こいつら陰で俺のことをなんて言ってるんだ。今度、じっくりと話し合った方がいいな。

「め、迷惑をかけたのなら謝ります。でも、エーリカちゃんも必死だったんです……どうしてもパーティーに入れて欲しくて」

素直に謝ったのはボーイッシュな子。確かシエロだったか。

大人しくまともそうな子に見えるが、油断は禁物だ。

「ねえカズマ……なんだかこの子達、訳ありみたいよ？」

「訳ありだからって何してもいい理由にはならないだろ！　こんな非常識なやつら、絶対にパーティーに入れたりなんか――」

「実は、ボク達の荷物を運んでいた馬車が爆破されちゃって……」

「荷物が……爆破？」

最近、どこかでそういうのあった、ような……？

三人組が顔を見合わせ、リアが口を開こうとする。

あっ、ダメだ。聞きたくない！　これ以上は聞きたくない！

「ああ。キャベツが襲ってきた時の誰かの魔法の影響でな……。衣装も、ステージ飾りも、全部燃えてしまった」

「ショーをするには、衣装代やステージ代とかお金がいるのよ。だから高難易度クエスト受けて稼がなきゃって……」

「でもボク達だけだと心もとなくて。一緒に高難易度クエストを受けてくれる人を探してるんです！」

くそぉ、心当たりしかねえ！　あの時……めぐみんのヤツが爆破した馬車って、こいつらの荷物が載ってた馬車だったのか!!

御者のおっちゃんが踊り子も乗っていた、って言ってたな……。

「ねえ、その馬車って。もしかしてめぐみんが――」

慌ててアクアの口を塞ぎ、それ以上は話せないようにする。

「アクア！　こ、こいつらはお前の言う通り訳ありのようだ。困った時は助け合い、一緒に高難易度クエストを受けよう!!」

「ふごふがが……」

この状態でもアクアが何か言おうとするが、余計なことを言うんじゃねえ！

本当はこれ以上関わりたくはないが、俺達の……主にめぐみんのせいで困っているなら、仲間として黙ってはいられない。

「え……いいの？」

「もちろんです。困っている女の子を放ってはおけませんからね」

少々強引で胡散臭くても、ここは勢いと話術で押し切る！

「……きみは、いいやつだな」

ああっ……良心が痛い。こいつらの荷物が燃えたのは、俺達のせいでもあるのに……。

「でも、めぐみん達に断りもなく、勝手に仲間にしちゃって大丈夫かしら？」

余計な事を言うな、と釘を刺して解放したアクアが、珍しくまともな意見を口にする。

「だったらお試しってことで、みんなでクエストに行こう。こいつらの実力も見たいしさ」

実力不足だったら、断る理由になるからな。

「いいわよ。やってやろうじゃない。アタシ達がただ単に可愛いだけじゃないって所見せてあげるわ！」

「そ、それじゃ……改めてよろしくお願いします！」

7

ついに先日出会った三人の踊り子と、クエストに出発する日となった。
アクセルの正門でアクア達と待っていると、アクセルハーツの三人がやってきた。得意とする武器を手にしているので、ちゃんとした冒険者に見える。

「今日はよろしく頼む」

「まったく、アタシ達がお試し採用だなんて。納得いかないわ！」

「エーリカちゃん、失礼だよ。ボク達はお願いしてる立場なのに……」

ピンク髪ツインテールのエーリカだけが不満顔だ。

「かまいませんよ。それぐらいで怒るような心の狭い者は、このパーティーにはいませんから」

めぐみんが穏やかな物言いで対応している。後ろで「その通りだ」と言わんばかりに大きく頷くダクネス。

心の狭い……ねえ。めぐみんは爆裂魔法、ダクネスは本名、アクアは駄女神。それをからかったら即座にキレるくせに、よく言うよ。

「それよりも、待ちわびていた久しぶりのクエストだ。みんな、頑張ろう！」

「ええ！　先輩アークプリーストとして、シエロには負けられないわ!!」

「妙な敵対心を燃やすな」

しかし……成り行きでクエストに行くことになったが。これで本当によかったのだろうか……。

衣装が燃えたのが俺達のせいだとバレる前に距離を取った方がいい気も……。

「んん？　そこにいるのは……」

考え込んでいる俺の耳に、いかにも軽薄そうな声が届く。

振り返るとダストがいた。

「やっぱり。カズマじゃねえか！　こんな所で何油売ってんだ？　それに、なんだよその可愛い女達は!!　まさか、また新しい女をたぶらかして——」

「ひ、人聞きの悪いことを言うな！　別にたぶらかしてなんかいない!!」

「わかったわかった、どうせ訳ありだろ？　詳しくは聞かないでおいてやるよ。ところでカズマ、この前は災難だったな」

「うっ!?」

まさか、あの事に触れないだろうな？

「……この前？」

リアがこっちを見ている。

ヤバい、嫌な予感しかしない！

「キャベツが思いのほか暴れるから、劇団の馬車が立ち往生食らっちまってさー。そん時、カズマの指示で馬車が爆――」

「あああああああああああ!!」

こいつ、言ってはいけないことを！

咄嗟に叫んでなんとか掻き消したが、今の聞かれてないよな？

「おいなんだよ、急に大声出して？」

「行こうぜ、クエストに!!　さあ早くっ!!」

「さあみんな、出発だ！　一刻も早くこの場を立ち去るぞ!!」

「おいカズマ……!?　あいつ、何かあったのか？」

少し強引だったが、ダストがこれ以上都合の悪いことを口にする前に、この場から少しでも離れるぞ！

8

目的地の洞窟までやってきた。

山肌にぽっかりと空いた特になんてことない、ただの洞窟に見える。

ここまで来てなんだが、そういや高額依頼に目がいって内容を精査していなかったな。

採取クエストか――。

洞窟内を進みながら、改めて依頼書に目を通す。

何々、これを取ってこいと。

「アダマンタイトって、武具の生成に使うんだよな？」

「その通りだ。私の鎧（よろい）にも、少量だが含まれているぞ？　かなりの硬度を誇るから加工は至難の業だがな」

「カズマは鍛冶スキルがあるし。鍛冶屋に持って行かなくても自分で加工できるかもしれないわね」

それがもし可能なら、ギルドに渡さずに自分で加工して売りさばくというのもありか。

本格的に鍛冶スキルを学べば、もっと楽に稼げるようになるかもしれない。

今は日本の知識を活かしたアイテムの制作はバニルに頼んでいるけど、ちょっとした道具なら俺でも作れるんじゃないか？

「ねえ。そんなことどうでもいいから……ちょっと休憩しない？」

「何言ってんだ。さっき休んだばかりだろ」

「そんなこと言わずにさー。ね、お願い？」

「可愛子ぶってもダメなもんはダメだ」

　エーリカが甘えた声で懇願しようが、ここは断固拒否する。

「可愛い？　今、アタシのこと可愛いって言った!?　もうっ、正直なんだからっ!!　いいわ、アタシもうちょっとだけ頑張っちゃう。だからもう一回言って？」

　ちょろいのは扱いやすくていいが、こいつ面倒くせー……。

「可愛いと言われて喜ぶなどナンセンスですね。可愛いよりも、格好良い方が重要です!!」

　めぐみんがエーリカに突っかかっている。

　どうにもこの二人は相性が悪いらしい。好みとか真逆だもんな。

「そんなことないわよ、可愛い方が大事！　可愛い可愛い可愛い可愛い可愛い可愛い！」

「格好良い格好良い格好良い格好良い格好良い格好良い！」

　……子供の口喧嘩でも、ここまで酷くない。

「ええっと、あの……」

「二人とも落ち着いて。ダンジョンは罠もあるんだし、もっと慎重に――」

シエロとリアが止めに入っているが、二人とも頭に血が上っていて聞く耳を持たない。

いい加減、そろそろ止めるべきか。ここがダンジョンの中なのを完全に忘れてそうだ。

これ以上放置するとモンスターに気づかれる。

「可愛い可愛いかわ……ん？　なんか踏んだような」

「「「きゃぁぁぁぁぁっ!!」」」

めぐみんと三人組が悲鳴を上げたかと思うと、その体が一気に上昇した。

「もー、最悪!!　何よこれっ!!」

「見てわからない？　罠のようね」

「ああ。縄が皮膚に食い込んで……気持ちよさそうだ」

トラップの網に吊り上げられた、めぐみん、アクセルハーツの四人とは対照的に、アクアとダクネスは暢気に眺めている。

「ダクネスさん、冷静に説明してないで助けてくださいよぉ!!」

シエロ達が網に押しつけられて、妙な格好になっている。

「と、というかこの体勢……スカートがめくれて……!!　みみみ、見ないでくださいカズマ！　これ以上見るのなら爆裂魔法を放ちますよ!!」

「大丈夫、見てないから」

本当はバッチリ見てるけども。

素晴らしい光景だ……罠にかかってくれてありがとう！

「聞きなさい、あなた達！　何を隠そうこの私も、かつては沢山の罠に引っかかったわ。でも、その度に成長してきたの！　だからあなた達が罠にかかっても、恥ずかしがることはないわ。誇りを持つのよ！」

うわあ、アクアがこのタイミングで先輩風吹かせ始めやがった……。

「はぁ……エーリカは罠感知のスキルを持っているはずだろう？」

「ああっ!? 久々のクエストだから忘れてたわ……。次からはちゃんと使わないと」

おっとごめんなさい、俺も持っているけど使うの忘れてました。だが……。

「お、おいカズマ、何を突っ立っているんだ。早く助けてやった方がいいと思うが」

「カズマー？　聞いてるの？　おーい、カズマさーん？」

今いいとこなんだ、黙っとれ。

「スカートが!!　スカートがめくれて――」

「ちょっと、暴れないで。縄が体に食い込んで……っ!!」

「あうぅ……」

もがけばもがくほどヤバい絵面になっていく。

いい光景だ……エーリカのファインプレーだな。

9

それからも少しのハプニングはあったが、概ね順調に進んだ。

「ありました！　これ、アダマンタイトですよね？」

シエロが手にしている鉱石は依頼書に描かれていた絵とそっくりだ。

「……間違いない。これで規定数に達したんじゃないか？　初クエスト、達成だな！」

「このパーティーなら、採取クエストなんて楽勝ね」

「ああ。途中現れたモンスターも、リア達がほとんど片付けたし……高難易度クエストも受けられそうだな」

アクセルハーツは予想以上に役立っていた。

踊り子三人組が話題性のために、片手間で冒険者をやっているのではないか？　と少し疑っていたが、その腕前は確かなものだった。

「ええ、心強いです。惜しむべきは、途中で罠にかかって酷い目に遭わされたことだけでしょうか……」

「あはは……あれはちょっとした油断で。でも、実力はわかってくれただろう？」

「ああ、試すような真似して悪かったな。これからも……よろしく頼む」

リアが手を差し出してきたので力強く握り返す。

「この先もクエストを一緒に受ける契約成立ね。女神アクアが、その契約の証人となりましょう！」

「女神？」

リアが訝しげにこっちを見る。

また余計な一言を。話がうまくまとまりそうなんだから、黙っていてくれ。

「気にするな。こいつは時々残念な発言が出てしまうんだ」

ダクネスとめぐみんが同時に頷く。

「ところで……リアはどこで槍を習得したんだ？　かなりの腕前だが、そのような槍の型は見たことがない」

「あ、ええっと……どこなんだろ。なんとなく使ってるだけだから」

「自己流……なのか？　だとしたらなおのこと素晴らしい、その若さでたいしたものだ」

攻撃を与えられないダクネスに褒められても微妙だろうが、実際かなり腕が良かった。

「リアの槍だけではなく、エーリカのスピードも、シエロの回復魔法もかなり役に立ちましたね」

「ふっふーん、当然よ。アタシは見た目だけじゃないんだから！」

「きょ、恐縮です……」

一点特化型のめぐみんやダクネスと違って、まともな戦力になってくれた。

……こいつらとクエストに行く方が成功率は上がるんじゃないか？

「シエロとエーリカも、よろしく頼む。契約代わりの握手だ!!」

「ま、待って！　シエロは男に触られると──」

「いやあああああ、近寄らないでえええええ!!」

俺が手を差し出し近づくと、叫び声と同時にえぐるように繰り出された右ストレート。

「ぐはああああああっ!?」

凄まじい衝撃を感じた瞬間、俺は壁に叩き付けられていた。

「ごめん。シエロは男性恐怖症で、触られると思わず手が出ちゃうの」

「思わずという割には、しっかりと腰の入った動きでしたね」

めぐみん、考察する前に助けろ。

普通のやつかと思って油断していたな……。やはりどこかに欠点を抱えるポンコツだっ

「武術の心得があるのか？　人体の急所を的確に刺激して、なかなかに気持ちよさそうだったか。……ん、これは……？」

「ううっ、ほんとにごめんなさい……！」

「あー気にするな。治療費と迷惑料は報酬からちゃんと引いておくから。それよりも、これを見てくれ。吹っ飛ばされた時に見つけたんだけど……」

「綺麗な石じゃない……覗く角度によって色が変わるみたいね！　かなり上物の鉱石じゃないかしら？」

「これはまさか……アレキサンドライトの原石か？」

アクアが手にした鉱石をダクネスが覗き込んでいる。

「貴重な物なの？」

「装飾品として重宝され、貴族にも愛されている。この大きさだと、一個四百万エリスはくだらないな」

「「「よ、四百万エリス!?」」」

驚きのあまり思わず声に出た。アクアとエーリカも同じ反応をしている。

「カズマさん、これはクエスト中に見つけた物だもの。当然山分けよね？」

「いやだなぁ、アクア。俺がこれを見つけたのは、クエストを達成した後だろう？　だから、これは俺の物だ。おい、こら、放せっ！」

抵抗するアクアから奪い返し、懐に入れた。

「四百万エリス……！　それだけあったら、衣装を作ってまたステージに……！」

アクアもエーリカも目の色変えて近づいてくんな。

「吹っ飛ばされた先に宝石の原石とは……。さすが幸運値の高いカズマだな、タダでは転ばないか」

「……もしかしたら、その辺りにまだアレキサンドライトの原石があるかもしれませんね!!」

「いや、そう簡単に見つかるなら、とっくに他の冒険者達に発掘されてるはずよ」

「確かにそうだな。これはシエロの攻撃と、カズマの幸運があっての偶然の産物だ」

「あう、ごめんなさい……」

恐縮して小さくなるシエロ。

本当なら文句の一つも言いたいところだが、この宝石に免じて寛大な心で許してやろう。

「ははっ、気にするなよシエロ。俺達は仲間だろう？　さっき言ってた治療費と迷惑料は冗談だから」

「相変わらず現金な男だ……」

「ギルドに戻ればクエスト報酬ももらえるし。今日はそろそろ帰るとしよう」

「ねえねえ、カズマさん。これを売り払って今日は少しだけ豪遊しましょうよ〜」

こいつ……俺達が抱えている借金の額を覚えてないのか？　四億五千万あるのに。冷静に考えればこれも焼け石に水だ。

「……待って。エーリカは？」

リアに言われて初めて気づいた。辺りを見回してみたが、その姿はない。

「は？　エーリカならさっきまでそこにいたけど……」

「まさか、アレキサンドライトを探しに行ったんじゃ——」

「グオオオオオオオオオオッ‼」

「いやあ、化け物ー！　助けてえええええ‼」

足下が震えるほどの低い唸り声に続いて、女の子の甲高い悲鳴が響く。

「今の声……エーリカちゃん」

「奥の方から、急ごう！」

「ったくエーリカのやつ。罠にかかっただけじゃなく、トラブルも起こしやがって‼」

あれは……こんな場所に初心者殺しだと⁉

曲がり角を抜けた先の開けた場所で目にしたのは、腰が抜けたのか座り込んでいるエーリカ。足下には武器が転がっている。

そんな彼女と向き合うのは全身が黒い体毛で覆われ、鋭い二本の牙がむき出しのモンスター。

「行くぞみんな！　あいつを助けるんだ！」

10

リアが最後のモンスターを切り捨て、俺は安堵の息を吐く。

「ふう、どうにかなったか。大丈夫か、エーリカ？」

「ふん、別に助けてなんて言ってないわよ」

おいおい、この期に及んで謝りもせずに強がる気かよ。ここは一発お灸を据えた方がいいか？

「この……バカッ!!」

平手で頬を打つ音がしたかと思うと、リアがエーリカに詰め寄っている。

「エーリカ!!　どうして一人で先に行ったの!?」

「……アレキサンドライトが欲しかったの。四百万エリスあれば、ショーが出来るじゃない」

「だからって、危険な真似して……死んだらどうするんだ！　両親に会えなくなるぞ!?」

「………………」

怒鳴られたエーリカがうつむき大人しくなった。

口を挟めるような空気じゃない。ここは黙って事の成り行きを見守ろう。

「ねえねえ。なんだか深い理由がありそうなんですけど……」

「私達が立ち入ってもいいものかどうか……」

珍しく空気を読んだアクアとダクネスのひそひそ話が聞こえたのか、シエロが静かに口を開いた。

「……隠してるわけではないんですが、エーリカちゃんは施設育ちで。両親に会ったことがないんです。『可愛(かわい)くなれば両親が迎えに来てくれる』って思ってるみたいで。踊り子をしてるのも、両親に見つけてもらうために……」

なるほど……それで、やたらと「可愛い」って言葉に過剰反応してたのか。

……予想外に重い事情だった！

「エーリカちゃん。リアちゃんはエーリカちゃんが大切だから怒ってるんだよ？」

「……そんなの、言われなくてもわかってるもん」

怒られたエーリカは頬を膨らませて、そっぽを向く。

「じゃあ、どうするの？　悪いことしたと思ったら『ごめんなさい』だよ？」

「……ごめんなさい。それと……助けてくれて、ありがとう」

「わかってくれたらいい。でも、この先も無茶だけは絶対にするな。私達は、三人で一組の踊り子なんだから。みんなでステージに立ち続けよう」

「うん、うん……っ！　ごめんね、ごめんなさいぃ!!　うわぁぁぁん!!　ごめんね、リア!!　ごめんね、シエロォォ!!」

リアの胸の中でエーリカが泣きじゃくり、シエロはそっとエーリカの背中をさすった。

丸く収まってくれたか。こういうシリアス展開は苦手だから助かる。

これ以上続くようだったら、この空気に耐えきれず、アクアに宴会芸をやらせるところだった。

「仲直りしたことだし、三人で握手でもしたらどうだ？　ほら、手を取り合って――」

場を納めるために三人の手に触れ握手をさせようとした。

「カズマ。だからシエロは男に触れられると!!」

「いやあああああ!!」

「ぐはあああああ!?」

今度は警戒していたのに避けられなかった……だとっ!?

「はぁ……だから止めたのに」
「ご、ごめんなさい！　悪気はないんです!!」
「悪気がなかったら……何をしても許されるってわけじゃないからな？」

11

採取クエストを終えて、俺達はアクセルの街に戻ってきた。

今回のクエストの報酬とアレキサンドライトの原石の利益は、俺達とリア達で等分することにした。本当は原石の方は独占したかったが、今後のことを考慮して妥協しておく。

リア達がその報酬で衣装を作り直し、アクセルの街の小劇場を借りてのショー当日——

「思ったより人が入ってるわね。みんなリア達のファンなのかしら」
「各地をまわっていたが、元々はアクセルで活動していたらしいからな。私達が知らなかっただけで、ファンがいても不思議ではない」

物珍しそうに辺りを見回すアクアと、冷静な振りをしているが好奇心を隠せていないダクネス。

こういったショーをテレビで観(み)た事はあるけど、この世界にきてからは初めてだな……。

正直、俺も楽しみだったりする。

「あ、始まるみたいですよ？」

思ったよりも人が多くて前がよく見えないようで、帽子を手で押さえながらめぐみんがぴょんぴょん跳ねていた。

「みんなー！　今日は集まってくれてありがとう!!」

「こんなにたくさん集まってくれて……はわわ。すみません、すみません、本当にすみません……」

「そんなに謝らなくていいって。久しぶりのショーだから改めて自己紹介を……私達は!!」

「「「三人組踊り子ユニット『アクセルハーツ』でーす！」」」

決め台詞(ぜりふ)とポーズ。

まだ少したどたどしさと照れがあるが、それが魅力になっている。

そんな姿を見て、一瞬だけど、ときめきそうになった。

「せ、精一杯歌って踊りますから。皆さんもいーっぱい楽しんでください」

「アタシから目を離したら、後悔するんだから。可愛い姿を目に焼き付けなさい!!」

「それじゃあ、一曲目……」

この三人の踊りや歌なんて大した物じゃないだろうと、甘く見ていたが——

「あの子達、なかなかやるじゃない！」

「観客を熱狂させていますね。我が爆裂魔法には及びませんが」

「ああ……格式を重んじる宮廷舞踊とは違い、生命力に溢れた歌と踊りだ。こういう音楽もいいものだな」

この世界ではあまり聞きなれない軽快なサウンド……。まるで日本のアイドルのような……ん、アイドル⁉

……荒削りではあるが歌と踊りが出来て、容姿は申し分の無い三人組。

ちゃんと個性もあってキャラが立っている……。

これは、いけるんじゃないか？

「カズマ、難しい顔をしているがどうした。もしかして借金のことを思い返していたのか？」

「違う……あいつらは……アイドルだ！　そして、金のなる木だ！　歌もダンスも、磨けばもっと光る。光り輝くアイドルに成長すればきっとお金も……‼」

「アイドルって……何のことです？」

「熱狂的なファンを持ってて、素敵なパフォーマンスをする人のことよ」

アイドルの意味がわからず疑問を口にするめぐみんに、アクアがしたり顔で説明している。やっぱり、この世界にはアイドルは存在しないのか！

……面倒だが、命の危険が隣り合わせの高額クエストを狙うより、安全なのは確か！

他に手は思いつかない。やるべきか……いや、そうじゃない。やるしかない！

「決めた！　俺は、あの三人をプロデュースする!!　もっとでかい場所でショーをして、グッズも作って、アイドルビジネスで借金を返済だぁぁ!!」

上手(うま)くいけばボロ儲(もう)けして、大金が転がり込んでくる……はず！

◇第二章

1

俺は鍛冶屋の店主に頼み込み、店の一角を使ってある物を作っていた——

「よーし、こんなものかな」

手に取った棒状の物に取り付けたボタンを押すと、先端が青く光る。

「急に工房貸してくれって言うから、てっきり自分の剣でも新調するかと思ってたんだが
……その光る棒は何に使うんだ？」

熱心に作業をしていると後ろから鍛冶屋の店主が覗き込んできた。その目は好奇心……

というよりは疑いの眼差しに近い。

異世界では見慣れないこんな物を作っていたら、そうなるか。

「こいつは『サイリウム』って名前で、俺の生まれた国では、好きな人を応援する時に光らせて振るんだ」

「そんなの、欲しがるやついるのか？」

その疑問はもっともだ。

「甘いな、おっちゃん。好きな人の目に、少しでも長くとまっていられるなら……人は喜んで金を出すものさ。他には好きな人の名前の入ったタオルや法被なんかも結構人気があったりするんだぜ？」

「よくわからんが、アクシズ教徒が売ってる石鹸や鍋みたいな趣向の品ってことか」

「違う……と言い切れないとこもあるが。一緒にはされたくないです」

アクシズ教徒と一緒にだけはされたくない。

「カズマカズマー。頼まれてた紙束、持ってきたわよ？」

今、話題に出ていた迷惑教徒のトップがお出ましか。ちゃんと、あれを運んできてくれたようだな。

「おお！　それじゃあ紙束に『握手券』って文字と公式の判子、そして裏面に注意書きを印刷してくれ」

「握手券って……日本にいるアイドルのCDを買うとついてくるあの券のこと？」

さすが、日本担当の元女神だ。知っていたか。

「その通り！　俺は今、ショーに必要な機材と、リア達のファンに狙いを定めたアイドルグッズのひな形を作ってるんだ!!」

元いた世界じゃ大勢のアイドルがしのぎを削っていたが、ここはせいぜい踊り子が小劇場で少数の客の前で踊る程度。

アイドルのノウハウを持ち込めば、あいつらの人気はうなぎのぼり……大金を手に入れるのも夢じゃない！

「よく分からねえが……カズマのやつ、なんだかいつにも増してゲスな顔してるな」

「借金のせいで、お金に目がくらんでいるのよ。でも私、知ってるわ。こういう時はたいてい――」

「そこ！　聞こえるように悪口言うのやめてもらえませんかね！　おっと、かまっている時間がもったいない。ほんとプロデューサーってのは大忙しだぜ……！」

本来ならこんな面倒な作業はお断りなんだが、金に繋がるとなると話は別だ。有名な某プロデューサーもこんな気持ちでやっていたのかもな。

「あとはタオルに法被なんかのグッズも用意して……。一通り作ったら、リア達の意見も聞いてみるとするか！」

2

完成した商品を抱えて、アクセルハーツの三人が共同生活をしている一軒家を訪ねた。

ロビーに通してくれたので、そこの机の上に試作品をずらっと並べる。

「――というわけで！　早速踊り子のグッズ試作品を作ってみたんだ。どうだ？」

「どうって言われても……そもそもこの『グッズ』ってやつは何のために使うの？」

エーリカは奇妙な物を見るような目を向けているし、シエロは恐る恐る指で突いている。

初見の反応としては最悪だが、異世界の住民にとっては未知の代物だ。これも想定内。

「お前達を応援するためだったり、身近に感じるためだったり。用途は人それぞれだな」

「えっと……みんな欲しいと思ってくれますかね？」

「もちろん思ってくれる。なぜなら、ファンはお前達のことが大好きだ。好きな人の可愛い笑顔の写真があれば、部屋に貼って眺めたい。そういう心理、少しはわかるだろ？」

「か、可愛い……？　もうカズマったら、正直なんだから。確かに可愛いアタシのグッズなら、ファンも欲しがるわよね」

可愛いとさえ言っておけばどうとでもなるエーリカに不安を覚えるが、話を進めるには都合が良い。

「ああ間違いない！　グッズは、可愛いお前達を世に知らしめるためにも使えるだろう。未来はそこから始まるんだ……ってことで、もう少しこの先のことについて話をさせてくれ」

「もう、仕方ないわねぇ。美味しいお茶を淹れておくから、たくさん話をしていいわよ」

「ん？　そういえばリアの姿が見えないようだけど」

試作品の説明に熱中しすぎて忘れていたが、一人足りないな。

「リアちゃんなら、部屋で寝てると思います……」

「これは三人の未来を左右する大事な話なんだ。なんとか起こしてくれ！」

全員でリアの部屋の前まで移動すると、シエロが少し強めに扉を叩く。

しばらく待ってみたが、反応は……ない。

「リアちゃん、まだ寝てるの？」

「カズマが可愛いアタシ達に話があるんだって。リア、起きなさーい!!」

更に待ってみるが……返事はない。

それどころか物音一つ聞こえてこない。

「なあ、もう部屋に入って直接起こした方が早いんじゃないか？」

「だ、駄目ですよ。リアちゃんの部屋は――」

おっと、当然止めてくるよな。だが、寝起きの女子部屋。その誘惑に勝てる男がいるのか！　いや、いない！

「はっはっは、この恥ずかしがり屋さんめ！　失礼しまーす。このカズマさんが朝のご挨拶をって……なあああああっ!?」

「だからシエロが止めたのに……」

エーリカが呆れたような声を漏らしているが、それどころじゃない。俺は目の前の光景に釘付けだった。

空き瓶やお菓子のごみがそこらじゅうに転がって……。このお椀、スープが凝固してすごいことに……！　なんだこの汚部屋はっ!!

「ん、んんっ……！　あれ？　シエロ？　エーリカ？」

寝起きで寝間着がはだけている姿が色っぽいはずなんだが、周囲の光景の酷さが勝ってどうでもよくなっている。

「おはよう、リアちゃん。カズマさんが話があるって……」

「カズマも来てたのか。おはよう……。突っ立ってないで、遠慮せず座ってくれ」

座るどころか足の踏み場もないんですけど！　こいつ、まともそうに見えて片付けられない女だったか……。

「あーあ、下着も脱ぎっぱなしで……」

シエロが摘まみ上げたのはパンツか！　ほほう、大人しい性格の割になかなか。

「ふぇ!?　ちょっと、下着はさすがに恥ずかしい……」

「この怠惰を恥ずかしがれ!!　まあいい。それよりも、今日は大事な話があって――」

「リアちゃん、食べかけのお菓子に蟻さんがたかってます！　片付けておいてください!!」

「いいじゃないか。蟻だって食べないと生きていけないんだ」

俺の話を遮るようにシエロの説教が飛ぶ。

摘まみ上げたお菓子の袋の表面には、何匹もの蟻が群がっていた。

「きょ、今日は大事な――」

「もう、この飲み物も腐ってるわよ!?　最近どうりで家が臭いと思ったわ……今すぐ捨てきなさい！」

「そ、そんなに怒ることないだろ？　大丈夫だ、次の休みには必ず掃除を――」

「話が進まねえだろ！　やれ、今すぐ!!　俺も手伝ってやるから!!」

3

――数時間後。なんとか人がまともに住める部屋が出来上がった。おぞましいぐらいの量のゴミが出たが……。

「いつも綺麗にしろとは言わないが、せめて人が入れる程度の清潔さを保ってくれ……」

日本で引きこもりしていた俺の部屋の方が何倍もマシだ。

いくらなんでも、ここまで酷くなかった。

「こんなに綺麗に掃除出来るなんて、素晴らしいです！　また定期的に部屋に遊びに来てください！」

シエロが感謝してくれているが、当初の目的を完全に忘れているよな。

「ちょ、俺が今日来たのは掃除のためじゃなくて。お前達を人気者にするための――」

「ほんと、むっつりで意地汚いだけの男だと思ってたけど。ちょっと見直しちゃったかも」

「見直す以前に既にそう思われてたことが地味にショックですね。まあ見直してくれたということで改めて話をさせてくれ。今日来たのは、お前達をプロデュ――」

「あれ……私のぬいぐるみが見当たらないぞ!?　ポン太さんをどこにしまったんだ!?」

クローゼットやタンスを開き、リアは仕舞ったばかりの衣類を再びベッドの上にまき散らしていく。

ほんと、話が進まないなっ!!

「せっかくしまったのに何してんだ!!　ぬいぐるみなら、手洗いして外に干して――。って話をきけえええええ！　俺は家政夫じゃねえ！　お前達のプロデューサーになりに来たんだよ!!」

「「「ぷろでゅうさぁ？」」」

三人が同時に振り返り、首を傾げる。

こういう時は息ぴったりなのか。

「そうだ！　俺がお前達を……この世界一の踊り子ユニットにしてやる!!」

『プロデューサー』という聞きなれない単語を聞いたリア達が固唾を飲んで見守る中、俺はゆっくりと口を開く──

「まず、シエロは他の二人より踊りのキレがいいよな。もともと踊りを習っていたのか？」

「いえ、特には……でも武術を習わされていたので。足運びとかの訓練になっていたのかもしれません」

洞窟での戦闘も安定した戦いぶりだった。体幹がしっかりしているようだ。

「ちょっと、褒めるのはシエロだけ？　アタシも踊りには自信があるんだけど」

綺麗になった部屋の中でエーリカがくるっと一回転して、ポーズを取っている。

改めてまじまじと見たが、一番アイドル適性が高そうだ。

「エーリカは、観客を盛り上げるのが上手いな。見てると自然と応援したくなる」

「フフン、あと可愛さもダントツよね」

あと困った時は「可愛い」と言えばいいので扱いやすい。

正直なところ可愛いのは間違いないが、アクア、めぐみん、ダクネスを見慣れているのでダントツとは思えない。……うちの連中は見た目だけはいいんだよな、見た目だけは。

「リアは歌に魅力があるな。曲も自分で作ってるのか？」

ショーを見物させてもらった感想としては、歌が一番上手いのは間違いなくリアだ。

日本のアイドルを彷彿とさせる曲を作ったのがリアだとしたら、かなりの才能だろう。

「ああ。鼻歌でも演奏でも、とにかくメロディーを入力すると自動で編曲してくれる魔道具があるんだ」

「へー、便利だな！」

「アタシ達は魔導ピアノって呼んでるの。そこにあるでしょう？　色んな音が出せる優れものなんだから」

エーリカが指さす先には、机の上に白鍵と黒鍵から成る電子楽器。キーボードにそっくりな物があった。

「ボク達は使えないから、いつもリアちゃんにお願いしてるんです。使えるようになったらいいんですけど……」

キーボード……いや、シンセサイザー？　この世界に元々ある魔道具ではなさそうだな。

今度、制作過程を見せてもらおう。

「歌も踊りもルックスも、お前達はかなりイイ線いってる。だが、今のままで満足か？　もっと上を目指したいと思わないか？」

「当然、思ってるに決まってるじゃない！　アタシはアタシの可愛さを、世界中に広めなきゃいけないいんだから！」

「……もっとステージに立ちたい。色んな歌を、この三人で歌いたいんだ」

「ボ、ボクもです！　いつか男性恐怖症を克服して、素敵な女の子になるために……！」

三者三様の想いがあるようだが、踊り子として大成したいという願いは同じらしい。

そこを刺激すれば、なんとかなりそうだ。

「……なるほどな。だがハッキリ言わせてもらおう。お前達の力だけでは、今以上に人気を得ることは不可能だ」

「えっ……？」

「そんな……」

「勝手に決めないで!!　アタシ達は成長途中なんだから、もっと上手くなるわよ!?」

リアは驚きの声を漏らし、シエロは黙り込み、エーリカは激怒する。これだけでも三人の個性が一目でわかる。

相手の心を揺さぶったところで、厳しい現実を突きつけてみるか。

「仮に世界一踊りが上手くなったとしても、世界一お客を集められる踊り子になるわけではない!!　それはまた別の能力なんだ。才能があるのに埋もれたやつらも数多くいるからな」

「……随分と詳しいんだな。まるで見てきたような言い方だ」

見てきたんだよ。……テレビのモニター越しだけど。

「ここでとっておきの話をしよう。今まで黙っていたが、実は俺は、踊り子の文化が盛んな国から来たんだ」

「え⁉　そ、そうだったんですか⁉」

本当は踊り子じゃなくてアイドルが盛んな国だが。まあ嘘ではない……よな？

「俺はその国で、しのぎを削る踊り子達のステージをたくさん見てきた。その経験から言わせてもらうと――」

ここであえて言葉を句切り、溜めを作る。全員が注目しているのを確認してから、ゆっくりと口を開いた。

「頂点を目指すには、プロデューサーの力が必要だ！　可愛いだけで売れると思ったら大間違いだぞ⁉」

「え？　アタシのこと、可愛いって言った？　あーんどうしよう！　アタシのせいでまた一人、男をふぬけにしてしまったのね。アタシって罪な女……！」

エーリカが頰に手を当てて腰をくねらせている。また、いつもの暴走だ。

「……可愛いエーリカ、少し黙っててくれないか？」

「はーい！　可愛いエーリカ黙りまーす!!」

……すぐに言うことを聞くから、あしらいやすくて楽は楽なんだが、毎回同じパターンなので、相手をするのが面倒に思えてきた。

「話を進めよう……いいか、お前達には確かに才能がある。だが今はまだ原石に過ぎない。お前達には原石を磨いて宝石にしてくれる存在……。つまり、プロデューサーが不可欠なんだ!!」

……みたいなことを、オーディション番組で言ってた。もろにセリフをパクっているが、この世界の住民には知るよしもない。

「あ、あの。さっきも聞きましたけど……『ぷろでゅうさぁ』って、そもそも何ですか？」

「踊り子の才能を見極め磨き上げ……磨き上げた踊り子の魅力をファンに届ける橋渡しをする人物。それがプロデューサーだ！」

三人ともピンときてないのか、眉根を寄せた顔で俺を見つめているだけだ。こういった場面で怖じ気づき態度を変えるのは二流。常に堂々と強気で断言するのみ！

「踊り子の文化が盛んな国で修練を積んだこの俺、サトウカズマがお前達のプロデューサーになってやる!!」

音楽番組を眺めていただけで、やった事ないけどな！

全部パクリと受け売りだけどな！

「本当に⁉　カズマと可愛いアタシが組めば最強よね‼」

「ちょ、ちょっと待て……急にプロデューサーになると言われても。具体的に、カズマは何をしてくれるんだ？」

いい質問だ。リアがこのメンバーで一番しっかりしている。

「お前達を売り出す計画を立てる……まずはアクセルを出て、色々な街をまわって公演をするぞ！　これを『ツアー』と呼ぶんだ」

「それなら今までもやってきたけど……」

少し落胆したように呟くリアを手で制す。

「まあ最後まで聞いてくれ。これからはその公演でグッズの販売も行って、さらに握手会も実施するんだ‼」

これが儲かることは日本で勉強済みだ！

熱烈なファンを掴めばいくらでも貢いでくれる。

「握手会って……も、もしかしてファンの方と握手するんですか⁉」

「ちょっとカズマ、忘れたわけじゃないでしょう？　シエロは男の人と触れ合うと――」

「だからこその握手会なんだ。握手会で精神を鍛えて、男性恐怖症を早く克服する……弱点から目を背けては大成もないからな！　それに、ツアーはエーリカやリアのためにもなるぞ？」

「私達の……？」

リアはまだ疑い半分といった感じだが、俺の話を熱心に聞いている。

もう一押しで、一気に傾きそうだ。

「こんな魔王の城から一番遠い街を中心に活動していても、知名度はたかが知れてるだろ？　世界に出て、輝かしい実績を作るんだ！　実績があれば人気が出る、人気が出れば公演依頼は途切れない。リアは踊り子としてステージに立ち続けたいんだろう？」

「う、うん……」

「それにいろんな場所で公演して知名度を上げれば、エーリカが両親に会える確率も格段に上がるはずだ！」

「カズマ……」

「カズマさん、ボク達のために……？」

エーリカとシエロは感動して目が潤んでいる。

よーし、これなら上手く誘導出来そうだ。

「待て……腑に落ちないな。どうして数日前に知り合ったばかりの私達のために、そこまで良くしてくれるんだ？」

良い調子で説得を完了しそうだったのに、リアが水を差す。

やはり、三人の中で一番やっかいなのは彼女か。だが、あらゆる局面を口八丁手八丁で切り抜けてきた、カズマさんの実力を見せつけるのはここからだ。

「さっき言ったろ？　お前達は原石。俺はそいつに賭けてみたくなっただけだよ。だから、これから全力でバックアップするつもりだ。お前達のためなら私財を全て投げ打っても構わない！」

熱を込めて語る。少々、大げさにも見えるだろうが、こういう場面ではこれぐらいの方が説得力が増す。

「そこまでの覚悟で……」

「それじゃ、改めて聞かせてくれ。俺に、お前達のプロデュースをさせてくれるか？」

三人は顔を見合わせ小さくうなずくと、同時にこちらを見つめた。

「もちろんよ！　可愛いアタシを、世界中の人に見せてあげるわ！」

「カズマさんの期待に応えられるよう、ボクも全力で頑張ります!!」

「……私もこの二人と同じ考えだ。カズマ、よろしく頼む」

作戦成功！　まあちょっと良心が痛まないわけではないが、あいつらにも正当なメリットがあるわけだし。

お互いにウィンウィンな関係なのは間違いない。アイドルビジネスを成功させて借金完済を目指すぞー!!

三人には見えないように拳をぎゅっと握りしめる。

「リア、シエロ、エーリカ！　ここからは一蓮托生（いちれんたくしょう）、俺達は運命共同体だ！　俺がお前達を踊り子業界の頂点へ導いてやる!!」

自信満々の笑顔を向けて、大きく一度うなずいた。

「ごほん……そしてさっきも言ったとおり、踊り子を導く人のことをプロデューサーと呼ぶ。今後、俺のことはそう呼ぶように」

「わかったわ、プロデューサー!!」

「私達のプロデューサーか……これからよろしく頼む」

「ボ、ボク頑張りますから。見ててくださいね、プロデューサーさん」

なんか、いいな。アイドル育成ゲームにハマるやつの気持ちが、今なら理解出来る。

「あれ、何か嬉（うれ）しそう？」

「いやいやいや、こっちのことだから気にしないでください。それじゃ改めて……アクセルハーツのみんな！　これから一緒に頑張ろうぜ。ビシバシ鍛えていくからな？」

「「「はいっ!!」」」

4

あれから、アクセルでの公演を無難にこなし、俺と一緒にツアーに出かけたアクセルハーツは紅魔(こうま)の里を訪れていた——

「紅魔の里のみなさん、初めまして！」

「「「千年に一組の踊り子ユニット！　アクセルハーツ!!」」」

まずは盛り上げ上手なエーリカが元気に挨拶をして、三人で声とポーズを揃(そろ)える。まずまずな出来だとは思うが。

「はい、ストーップ。一旦リハ止めるぞー」

屋外ステージを設置した広場でリハーサルを繰り返している最中。

「ここまで見て……どう思う？　紅魔族の観客代表、あるえさんから」

物珍しそうに見物していた彼女達に話を振る。

「……危ない所だったね。これがリハーサルで良かったと思うよ」

……なんで、あるえはいちいち意味深な物言いをしたがるのか。

この怪しげな里で胡散臭い小説を書き左目に眼帯。それだけで普通でないことは察するけどさ。

「リア達の歌は胸にくるものがあります。ですが何かが足りない……爆裂成分的な何かが」

あるえに続いてめぐみんも意見を口にするが、こっちは参考にしなくていいな。

爆裂成分的な何かって、なんだよ。

「……お前は紅魔の里まで来ても言うこと一緒だな。ゆんゆんとこめっこはどうだ？」

見物人、その三、その四にも一応話を振ってみた。

残りの二人の内、一人は紅魔の里に行くと伝えたら、なぜか一緒に付いてきたゆんゆん。

この里に住む人の中で一番まともな感性をしている。

「わ、私は可愛くて素敵だと思ったんだけど……」

「微妙」

断言したのは年端もいかない少女、こめっこ。

「おっと、子どもながらに辛らつですね」

むしろ、子供だからこそ忖度なしで言えるのか。この子、めぐみんの妹だけど姉より打算的というか、しっかりしている印象がある。

結局、素直に賞賛してくれたのはゆんゆんだけか。

「アクセルの街ではそれなりにお客さんも喜んでたのに。こんなに評価が違うなんて——」

反応が予想外だったのだろう、リアが露骨に落ち込んでいる。

「公演場所や客層に合わせて演出を変えるべし、ってことだな。むしろ、今のうちに気づけてよかったよ。あるえやこめっこにリハ見学を頼んだのも、感想を聞いて対策を立てておきたかったからなんだ」

「対策ね……だったら、ズバリ言わせてもらおう。きみ達には致命的に欠けているものが一つある」

あるえの身振り手振りが大げさで芝居がかっている。自分を演出家か何かと勘違いしてそうだ。

止めようかとも思ったが、参考になることを言うかもしれないので黙っておくか。

「えっと……自信とかですか？」

おずおずと手を上げて意見を口にするシエロ。

「確かに自信は足りないが、それ以上に致命的なものがある」

「自己紹介の言葉をもっと工夫した方がいいとか？」

リアらしい優等生な発言。

「当たらずとも遠からずだ。核心には少し近づいてるよ」

ズバリ言えば早いのに、なんでもったいぶる。……こいつ、このシチュエーションに酔ってないか？

「わかったわ！　ユニットの中でも一番可愛いアタシが、中心的な存在を務めるべき……そう言いたいのね？」

「うん、違うね」

そこは即答なのか。

「みんなわかっていませんね、私が教えて差し上げましょう。リア達に足りないもの、それは……格好良さです!!」

めぐみんの発言に大きくうなずき同意を示す、紅魔族の面々。

「何言ってんの、アタシ達踊り子よ!?　可愛さ追求してるのに格好良さなんて……！」

「フッ……ならば我が回答が真実であること、今から身を以て証明してあげましょう。刮目して見よ！　これが！　聴衆の心に刺さる自己紹介です！」

めぐみんが叫ぶとタイミングを計ったかのように、あるえ、こめっこ、ゆんゆんが集まる。

その立ち位置は事前に決めていたのか？　と問いたくなるぐらい、全員がスムーズに整列したな。

「我が名はめぐみん！　アークウィザードを生業とし、爆裂魔法を操る者!!」

「我が名はあるえ！　紅魔族随一の発育にして、やがて作家を目指す者!!」

「我が名はこめっこ！　紅魔族随一の魔性の妹！　魔王軍の幹部より強き者!!」

「わわ、我が名は……ええっと……」

　ノリノリの三人と比べ、一人おどおどしているゆんゆん。

「何を恥ずかしがっているのです、ゆんゆん！　それでも族長の娘ですか！　リハーサル通りにやってください！」

　リハーサルって……。やっぱ、事前に練習していたのかよ。

「ゆんゆんだけできない。ぼっち？」

　こらこら、こめっこ。核心を突くのはやめなさい。

「ぼ、ぼっちじゃないわよ！　ただ、その……」

「この自己紹介が出来れば、友達が出来ること間違いなし……だよ？」

　こめっこの誘導にハッとするゆんゆん。

　エーリカには可愛い、ゆんゆんには友達。これさえ言っておけばなんとかなるからな。

「と、友達が!?」

　ほら、食いついた。

「我が名はゆんゆん！　紅魔族随一の魔法の使い手にして、やがてこの里の長となる者!!」

ポーズを決めると背後に雷が落ちて爆発したのは、ゆんゆんとあるえの魔法か。

「確かにボク達の自己紹介よりインパクトが……。これを参考に、紅魔族にもウケる自己紹介を考えないと」

シエロは真面目だなー。でも、この里ではこいつらの言い分にも一理ある。なんせ、この住民は感性がおかしい。

紅魔族の無茶ぶりを素直に聞き入れ、アクセルハーツの三人はあれやこれやと名乗りに改良を加えている。……様子を見てみるか。

5

紅魔の里でのショーも無事に成功し、グッズ収益も稼がせて貰った。

次に俺達一行は公演のため……渋々だが水と温泉の都アルカンレティアへとやって来ていた――

「ここがアルカンレティア！　なかなか楽しそうな街じゃない!!」

エーリカが無邪気にはしゃいでいる。

知らぬが仏とはまさにこのことだよな。

「めぐみんが来るのを拒否するからどんな街かと思ったら。なかなか素敵なところじゃないか」

リアが町並みを眺め感心している。

アルカンレティアは澄んだ湖と温泉が有名で、街の至るところに水路が張り巡らされている。

青を基調とした美しい町並みは清潔感があり、俺も初めは目を奪われた。

……風景は最高なんだよ、風景は。めぐみんの判断は正しい。俺も商売が絡んでなかったら二度と来る気はなかった。というか、既に若干……かなり後悔している。

「アクアさんに馴染みのある街なんですよね？　アクアさんも来られればよかったんですけど……」

シエロ、バカなことを言うな。あいつがいると厄介事が加速度的に増えるだけだ。だから、アクアはわざと置いてきた。

「アクアやめぐみんの分まで私が働こう。公演中の警備でも、物販の手伝いでも、何でも言ってくれ」

ダクネスだけは嬉々として付いてきたんだよな。その理由は……考えたくない。

「ダクネス……頼もしいが、ひとまずエリス教のお守りを見えない所に仕舞うんだ」

無駄だとわかっているが一応注意しておく。

「断る！」

「また子供に石を投げられるぞ？」

「望む所だ!!」

「街に入ってからそわそわしていると思ったら、やっぱりそういうことか！　いいから仕舞え！　物販の邪魔になるだろ!!」

「嫌だ!!　誰にも渡さん!!」

奪おうとしたら怪力で抵抗しやがる。手伝いどころか足を引っ張るだけじゃねえか！

ああもう、本当にショーやれるんだろうな!?

6

――なんて不安をよそに、無事にショーが終わった。

警戒していただけに拍子抜けだったが、何もないならそれでいい。

「今日はご来場いただき、まことにありがとうございました！」

リアが頭を下げて二人も続くと、拍手と割れんばかりの歓声が響く――

「……少し残念だが、アルカンレティアの公演もつつがなく終わりそうだな」

「そうだな……。待て、何が残念なんだ」

「もっと罵詈雑言を浴びせられるかと期待……不安だったのだが、何もないのは良い事か」

ダクネスの言う通り、ここまでは大きな問題もなく無難にこなしている。

だけど、最後まで油断は禁物だ。なんて言ったって、ここは、あの、アクシズ教の総本山、アルカンレティアだから。

「ハイハイ注目〜！　エーリカちゃんの写真、握手券付きで販売してるわよ〜？」

「タオルと写真ですね、ありがとうございます。ボクの分まで買ってくださって……」

「応援ありがとう……握手会はまた今度だ。もう少し待ってくれ」

ダクネスは少し心配だが、三人は頑張ってくれているな。

それを見てダクネスは考えを改めたようで、プラカードを手に熱心に大声を張り上げている。

「列は二列で！　握手券付きの商品はこちらになりまーす‼」

「ぺっ！　エリス教徒の言うことなんかに従う筋合いはない！」

「んあっ……真面目に手伝いをしているだけでこの仕打ち。たまらんっ‼」

……ちょっと不安は残るが、まあまあ盛況だな。グッズの開発が間に合って本当によかった。バニルの手を借りて製作したのは正解だったな。

すべて自分の手で作るつもりだったが、プロデュース業が想像以上に忙しく、途中からバニルに業務委託をした。

出費は増えたけど、これなら黒字になりそうだ。やっぱり握手券付きが人気だし、もっと握手券付きの数を増やせば売り上げも倍増！　いけるぞ!!

「リアさんの歌、聞いててすごく癒(いや)されました。アクア様の清らかさに勝るとも劣らない澄んだ声ね」

おっ、女の子連れの母親もいるのか。男性にターゲットを絞っているが、女性人気もあるに越したことはない。こういったファンは大事にしないと。

「あ、ありがとう。少し照れるな……」

「わたしはね、エーリカちゃんのファンになったの。きらきらしてすっごく可愛(かわい)かった！」

「あら～、よくわかってるじゃない。写真を一枚、サービスでつけてあげるわ！」

子供の方はエーリカのファンか。子供受けがいいみたいだな、覚えておこう。

「ねえねえ。握手券付きの商品とそうじゃない商品って何が違うの？」

「えっとね、握手券付きの商品を買うと今度やる握手会に参加出来るんだよ？」

優しく語りかけるシエロに対して、子供は満面の笑みを返す。

「握手できるの!? わたしも参加したい!!」

「駄目よ。握手会に参加する時間も、握手券付きの商品を買う余裕もないんだから……」

はしゃぐ子供をそっと母親がたしなめている。この会話を聞いていると、自分が悪い事をしているような気になってしまう。

いや、これも商売……すべては借金返済のためだ！

「……べ、別にこの場で握手くらいしても――」

エーリカは俺より心が揺らいだようで、手を伸ばしかけている。

「ううん、いいの。みんな買ってるんだし……。買ってないのにわたしだけ握手してもらうなんて悪いもん。でも、代わりに……エーリカちゃん。サインもらってもいい？ 色紙がないから、この紙にお願いしたいんだけど」

女の子が恥ずかしそうに一枚の紙を取り出す。

「もちろんよ、さあペンを――」

「騙(だま)されるんじゃねぇぇぇぇ!! それはアクシズ教の入信書だぁぁぁ!!」

7

「えっぐ、えっぐ……。怖かったよぉ、もう少しで入信しちゃいそうだったよぉ」

よほど怖かったのか。背を向けて丸まっているエーリカが震えている。

あいつらアクシズ教徒はありとあらゆる手段を用いて、入信を迫ってくるから油断も隙もあったもんじゃねえ。

特に少女を使う手口は、俺も騙されかけたから要注意だ。

「エーリカを一人にしたら、うっかり入信しちまいそうだ。ダクネスにはがし役としてついてもらうか。はぁ……ただでさえ握手会にはまだ問題があるってのに」

「問題？」

おいおい、なんで気づかないんだ、リア。お前らは俺よりも長い間一緒にいるのに。

「あるだろ、大きいやつが……シエロ、ほい握手」

「きゃああああ‼」

はいはい、いつも顔面パンチ——なにっ⁉

「ぐほっ……まさか顔面に見せかけてボディーとは。さすがに避けきれなかったぜ。……やっぱりシエロの男性恐怖症は治ってないようだな。手袋でもすれば、握手しても平気だったりしないか？」

おずおずと突き出した手は五本の指がピンと伸びている。

五枚重ねか。ま、まあ、それならなんとか。

「ご、五十枚ならなんとか……」

「五十枚かよっ！　手袋というかグローブだが……この際、仕方がない。利益最優先だ!!　五十枚つけて握手をするんだ!!　当日は何かあったら頼むぞ、ダクネス……あれ、そういえばダクネスは？」

辺りを見回すと、ダクネスが複数の子供に囲まれている。

「えい、えい！　このエリス教徒め！」

「あう、や、やめ……やめろ～」

「……アクシズ教の子供に、石を投げられてるわね。助けなくていいの？」

エーリカは心配しているようだが、俺の回答は決まっている。

「放っておけ」

「えっ、放っておけるわけないでしょ！　ダクネス、大丈夫!?」

何も知らないエーリカがダクネスの下へ駆けていく。

「問題ない。むしろ本当にいい街だな、ここは。はぁ、はぁ……私はしばらく滞在していくことにする！」

頬(ほお)を赤らめて喜びの笑みを浮かべているダクネスにドン引きするエーリカ。

ほーらな。……はあっ、はがし役はもう俺だけでやるしかないのか。

8

なんとか無事？　にアルカンレティアでのショーを終え、踊り子修行の集大成として、王都へとやってきていた。

前回はダクネスが役立たずだったので、諦めて誰か人を雇おうと、年中暇そうなダストに声を掛けたんだが──

「げっ、王都かよ。俺はパスだ。あそこにはあんま近寄りたくねえんだよ」

と断りやがった。アクアもめぐみんも忙しいらしく、結局アクセルハーツの三人と俺だけでなんとかするしかない。

「さすがに王都ってだけあって大きな城門ね！」

エーリカが驚くのも無理はない。アクセルや今まで訪れた街や里とは規模が違うからな。

「王様の住んでる都だから。百戦錬磨の強者達が日夜、魔王軍の襲撃からこの街を守ってるんだよ？」

落ち着きのないエーリカに、シエロがあれこれと説明役を買って出ている。

「シエロはやけに詳しいな。来たことがあるのか？」

「それはそうだろう。シエロは貴族だからな」

「そうか貴族か……って、シエロが貴族!?　男を殴るこいつに社交界は無理だろ！」

言われてみれば、シエロの頭は貴族特有の金髪だ。

「ちょっと、女の子に向かってそんな言い方は失礼でしょ？」

「エーリカ、別に大丈夫だよ……暴力をふるっちゃうのは事実だし。それに社交界も実際無理だったんだよね。ボク、跡取りが出来るまでは男の子みたいに育てられてたんだけど……他の貴族からはなよなよしてるって言われてて」

いじめか？　男性恐怖症になったのはそのせいか……。こいつも苦労してんだな。でも、あのパンチ力を見ればすぐに黙りそうなもんだが。

一応、忠告だけしておくか。

「王都は大都市だし、男の客もたくさん来る。暴力をふるわないようこれまで以上に気をつけろよ？」

「王都での公演は二日間！　この二日間は公演の前と後にも物販を行う……売って売って売りまくるぞ!!」

「出来るだけ、頑張ってみます！」

……不安になる返事だ。

9

「「「今日はありがとうございました！　明日もよろしくお願いします！」」」

深々と頭を下げるアクセルハーツに声援が送られる。

「うむうむ、いい働きだったぞ」

舞台袖で見守っていた俺は惜しみない拍手を送る。

金儲け目当てでやっているプロデューサー業だったが、最近はこのままアイドル稼業を続けた方が性に合っているんじゃないか？　と思い始めている。

アクア達の相手をして心労を重ねるより、人に喜ばれ、気のいいこいつらと一緒に過ごした方が俺も幸せなのでは？

そもそも、今回の借金だってめぐみんが言うことを聞かなかったのが原因だ。俺のせいじゃない！

そんなことを考えている間にショーも無事に終わり、劇場で握手会が始まった——

「可愛いエーリカさん！　自己紹介を僕のためだけにやってもらっていいですか？」

「仕方ないわねぇ……世界中の可愛いが大集合！　可愛さ一〇〇〇パーセント、エーリカでーす!!」

　客のお願いに対して全力で応えるエーリカ。アイドルの鑑だ。

　しかし、慣れってのは凄い。聞いているこっちが恥ずかしくなるセリフだというのに、今じゃ平然と聞き流せるようになった。

「リアさん、今日のショーも最高でした！　アクセルの街で活動してた時から追っかけてます!!」

「本当に？　嬉しいよ。でもこんな遠くまで……。あんまり、無理しなくていいから」

　良いぞ、リア。そういう対応をされるとファンはますます夢中になり、いくらでも金を貢いでくれる。

　本人は本気で気遣っているだけなんだろうが、天然のたらしの才能があるぞ。

「シ、シエロって近くで見てもちっちゃくて可愛いんだねっ!!」

「あ、ありがとうございます……あは、あははは」

「こんな分厚い手袋だけど握手が出来て夢みたいだ。こんなすぐ側にシエロが——」

　シエロのファンは妙なのが多いんだよな。三人の中で一番大人しそうに見えるからだろうか。やっかいな客を引き付ける才能があるのかもしれん。

「はい、お時間です。ありがとうございました。次の人どうぞ……あっ、そこの人、割り込みは禁止ですよ？」

ふぅ……この人数の客を一人で捌くのは正直きついな。やっぱり、アクア達にも声をかけて頼むべきだったか……？

「や、やめてください！」

シエロの悲鳴を聞いて我に返る。

おいおい、まん面倒な客に絡まれているのか。

迷惑客は身なりは良いが体がでかく、中年太りの体型をした男だった。鼻息荒く執拗に迫っているようだ。

「なぜだ、おかしいだろ！　俺は確かにシエロの握手券付きグッズを購入したんだぞ⁉　握手する権利があるはずだ！　こんな手袋越しではなく、素肌で‼」

出てくると思ったよ、こういうクレームは。

事前にそれを予期して、対策もちゃんと練ってある。

「お客様、申し訳ございません。そのことについては握手券に注意書きがありますように――」

握手券の隅に書かれている極小の文字を指差し、二人の間に割って入ったが、軽々と弾き飛ばされた。

この迷惑客、かなりの怪力だぞ！

「うるさい!!　さあ、今すぐその分厚い手袋を脱ぐのだ!!」

「だ、駄目……！」

迷惑客は強引に手袋を剝ぎ取ると、シエロの素手を包むようにして握る。

バカ野郎！　そんなことをしたら！

「お客様っ、勝手に踊り子に触れないで――」

「はい、握手」

「いやああーっ!!」

「ぐほおおおおっ!?」

惚れ惚れするような渾身の右ストレートが繰り出され、相手の顔面に突き刺さる。

迷惑客は床を派手に転がり、劇場の壁にぶつかると動きが止まった。

やりやがった!!

「お客様あああ!?　おい、シエロも落ちつけ――」

「寄らないでー!!」

「ごはあああ!?」

取り乱しているシエロの拳が容赦なく俺の顔面にも飛んできた。

くそっ、俺一人じゃやっぱり対応しきれない！　ダクネスやめぐみんを連れて来ていれば……っ!!

「シエロ！　お、落ち着くんだ!!」

「はっ……ごめんなさい、カズマさん！　ボク、うっかり……！」

「俺のことよりもお客様のことを優先しろ!!」

大事な金づるなんだぞ！　こういう悪評は一気に広まるから、なんとかして誤魔化したいところだが。

「あ、あの……大丈夫？　シエロも悪気があったわけじゃないし、出来れば嫌いにならないでくれると嬉しいんだけど……」

倒れている迷惑客に駆け寄り、甘えた声で懇願している。

エーリカ、さすがにそれは無茶な頼み事だろ――

「き、嫌いになるなんてとんでもない。こ、こんな激しい暴力を……。なんて情熱的なんだーっ!!」

殴られた迷惑客は怒るどころか……喜んでいる？

もしかして、こいつも責められたら喜ぶダクネスと同類なのか!?

「えと、えっと！……様子が……」

「これが、ドM……？」

ダクネスの性癖を何度も目の当たりにしている俺には衝撃が少なかったが、シエロとエーリカには刺激が強すぎたのか。加害者の方がおどおどしている。

「それなら助かるんだが……違う、見ろ！　体の色がだんだん変色していく……！」

「ファンの私に、こんな……。こんな激しい暴力を振るうなんてえええ……！」

叫ぶ迷惑客の体が膨張していく。服を破り現れた肌の色が緑に染まり、頭に一本の角が生え、その顔も醜く変貌していく。

「こいつ、トロールか……！　モンスターが人間に化けてたんだな？」

「トロールなんて呼ばないでくれ。俺にはチャーリーという名前がある。ますます気に入ったぞおおお！　シエロは俺のモノだあああああ!!」

迷惑客ってレベルじゃないだろ！　なんだよ、モンスターのファンって⁉

「モモモ、モンスターだ!!」

「みんな逃げろおおおおっ！」

突如現れたトロールに怯(おび)えた客が方々に逃げ出し、握手会場はパニック状態だ。

チャーリーは慌てふためく客を見て調子に乗り、舞台やセットを壊し回っている。

「あいつ、好き勝手しやがって！　せっかくいい感じだった公演が台無しじゃねーか！」

「シエロは誰にも渡さなあああああいっ!!」

チャーリーがシエロを背後に隠すようにして、他の客を威嚇している。

トロールといえば耐久力と回復力が自慢のモンスター。並大抵の攻撃力ではダメージを与えられない。そう……並大抵の攻撃……。

俺は『潜伏』スキルを発動して、そっとシエロの背後に忍び寄る。チャーリーもシエロも俺の存在に気づいてない。

そこで俺は大きく息を吸い——

「おい、そこの迷惑客！」

と叫ぶ。驚いたチャーリーがこっちに振り向くと同時に、シエロの背中を押す。

振り返ったチャーリーに飛び込む形になったシエロ。

何を勘違いしたのか、喜色満面で抱きしめようとするチャーリー。

「えっ、えっ、えっ、い、いやあああああああっ！」

結果、絶叫と同時に繰り出された右拳が、体格差のために男の大事なあそこへ……。

「うぎゃ……ぐお、お、お、お……」

うずくまり声にならない声を漏らすチャーリー。

「うわっ」

思わず自分の股間を押さえ、ひゅっと背筋が寒くなる。

「これは……ご褒美と……くううう」

へっぴり腰で逃げていくトロールを倒す絶好のチャンスだけど、さすがに追い打ちをするのは気が引ける……。うん、見逃そう。

10

王都の握手会でのトロール騒動から数日後、俺はアクセルの街の酒場でやけ酒を飲んでいる。

「ぷはー！　すいませーん、こっちにシュワシュワのお代わり下さーい！」

「…………」

正面の席に座っているめぐみんが、無言で俺を見ている。

「何だよめぐみん。かわいそうなものを見る目で俺を見るのはやめてくれませんかね」

俺を下に見るのをやめろ。誰のせいでこんなに苦労していると思ってんだ。

「実際、かわいそうなんだから仕方ないじゃない。踊り子ツアー、途中までは順風満帆だったのに」

アクアも人ごとだと思ってバカにしやがって。借金返済出来なくて困るのはお前も一緒なんだぞ。

「握手会で暴れ回ったトロールを追い払ったはいいものの、大暴れしたせいで王都の劇場はあえなく崩壊……。興業の責任者として、多額の賠償金か。災難だったな、カズマ」

「それだけじゃない！　二日目は結局公演中止で払戻金を請求されるわ、売り損なったグッズは在庫過多になるわ……。大赤字だよ、大、赤、字!!」

「私は最初からわかってたわよ？　カズマさんがこういう感じの時は、大体よくないことが起こるって！　何度か話をしようとしたけど、カズマさんたらお金儲けに目の色変えちゃって、全然私の話なんか聞いてくれなかったじゃないの！」

くそっ、アクアのくせにまともなことを言いやがって。これじゃ、まるで俺が悪いみたいじゃないか。……ちょっとは反省しているけど。

「まあまあアクア、それくらいにしておいてやれ。カズマも、踊り子達のためにやったことだ。決して私利私欲で動いていたわけではない。そうだろう、カズマ？」

「……も、もちろんそうですよ？」

視線を逸らしてぼそりと呟く。

やめろ、そんな優しい目でこっちを見るな。

「カズマ……今、目が泳いでいましたよ？」

めぐみん、わざわざ回り込んで顔を覗き込むな。

顔面を両手で挟んで押しのけていると、不意に背後から声がした。

「失礼。今、カズマと呼ばれてましたが……。あなたがサトウカズマさんですね？　少しよろしいですか？」

振り返るとこんな酒場には場違いな、見るからに金持ってそうな品の良い服に身を包んだ老紳士がそこにいた。

「あ、はい。カズマは俺ですけど、何か……？」

「お初にお目にかかります。私、このアクセルの劇場で支配人をしている者です」

また厄介事か？　アクセルの劇場ではまだ損害は出してないよな？

そんな不安に駆られながら話を聞いてみると――

11

「私達を雇いたい、ですか……？」

老支配人との話し合いが終わると、俺は即座にアクセルハーツを酒場に呼び出した。全員が集まるのを待ち、老支配人と交わした話の内容を伝えて今に至る。

「王都でお前達のショーを見てくれてたんだそうだ。それで、興味を持ってくれたらしい」

「左様にございます。握手会は災難でしたが、ショーは本当に素晴らしかった……。ここで消えるには惜しい。勝手なお願いではありますが、私の経営する劇場のステージに立ってはくださらんか？」

老紳士が穏やかに微笑む。

「そんな……願ってもないご提案です。こちらこそお願いします」

「……ボ、ボクも出来るだけ暴れないように頑張ります。是非ともよろしくお願いします!!」

「ありがとう、おじいちゃん!! 後でサインをあげるわね!!」

「ほほっ。それでは後日、正式な契約書をお持ちします。今後とも、どうぞよろしく頼みますぞ」

面通しは上手くいったようだ。

三人も快く引き受けてくれたなら問題は無いな。

「やったじゃない！ 頑張ってきたかいがあったわね!!」

「実際、なんだかんだ言っても、あれだけのファンがついてるし。リア達のショーのレベルは高いんだよ」

商売だと割り切っていたはずの俺も魅了されそうになるぐらいだからな。

「ありがとう……。踊り子としてちゃんと認められるのは、気分がいいな。これでまた、ステージに立ち続けられる。みんなでショーが出来るんだ」

「ボク……最初は男性恐怖症を治すための訓練と思ってたけど、今では一緒にショーをするのが楽しいんです！」

「アタシもよ。アタシ達は、三人でアクセルハーツ！　この先も、ステージに立つ時は一緒なんだから！」

本当に仲が良いよな、この三人は。

この際だ、前から気になっていた事を聞いてみるか。

「そういや、シエロとエーリカが踊り子をやってる理由は聞いたけど。リアはどうして踊り子をやってるんだ？」

「それは……秘密だ。ふふっ」

「……？」

まあ、いいか。しつこく訊いても嫌われるだけだ。

「ともかく……シエロ、エーリカ。これからもよろしく頼む！」

「うんうん、いいわね美しい友情！　それだけでも、今回のツアーをした意味はあったのよ。だから元気出してちょうだいよ、カズマ？」

「ああ、ほんとだな――」

ってそんなわけないだろ!! こっちはさらに莫大な借金背負ったんだよ！

友情なんて一エリスにもなりゃしない……！　そうだ、支配人に頼んで手数料をとるってのはどうだ？

踊り子三人組の仕掛け人として、何もしなくても毎月お金が入ってくるシステムを急いで確立しなくては……！

「カズマ、また悪い顔になっていますよ？　懲りない男ですね……」

「ようカズマ！　かわいい女の子たくさん集めて、昼間っから宴会なんて。いいご身分だなおい!!」

俺の思考を邪魔するように、誰かが大声で話しかけてきた。

顔を上げると、なじみの酔っぱらいがいた。

「なんだよ、ダスト。こっちは忙しいんだ、お前の相手はしてられん」

上機嫌のダストが千鳥足で近づいてきたので、あっちに行けと手で払う。

「つれないことを言うなよー。俺とお前の仲じゃねえか。そういや、面白い話を聞いたぞ。今度は王都の劇場をぶっ壊したんだって？」

「今度は……？」

それを聞いたシエロが怪訝な顔をしている。

なんてことを、このタイミングで言いやがるんだ！

「ダスト!?　その話は――」

慌ててダストの口を塞ごうとしたが、何かを察したエーリカとリアに肩を掴まれ妨害される。

「あっはっは、懲りないよな！　ついこの間も、劇団の馬車を壊したばっかだってのに！　あの時は確か、お前の指示でどっかの踊り子の荷物ごと爆破したんだったよな？　んでその次は王都の劇場かよ」

「踊り子の荷物ごと爆破……それって……」

いつも穏やかな表情のシエロが、冷たい視線を俺とめぐみんに注いでいる。

ヤバいぞ、これは……。

助けを求めるようにめぐみんに視線を移すと、すっと横を向いて帽子を目深に被った。

「はっ！　今日はちょむすけにご飯をあげるのを忘れていました！　カズマ、私はここで失礼しますよ！」

こ、こいつ一人だけ逃げる気か……!?

「さすが、魔王軍の幹部を倒した男はやることが違……ん？　どうしたカズマ、顔が真っ青だぞ？　っとそれより！　なあなあ、カワイコちゃん達、どこから来たの？」

一人だけ状況を把握していないダストが、酔っ払った勢いでナンパしている。

そんな酔っ払いに、感情の消えた顔を向けるリア達。

「……さっき話に出た。荷物を爆破された、どっかの踊り子だ」

「……もしかして俺、マズイこと言っちまったか？　あははは……あ、野暮用を思い出したぜ！　じゃあな！」

ここで理解したダストが冷や汗を浮かべ後ずさっていく。

よく見るとアクアとダクネスも、酒場の隅まで逃げているじゃねえか！

「……………」

「ねえカズマ、あなたが私達の荷物を吹っ飛ばしたの？　聞かせてほしいわ。ちょっとそこに座ってくれる？」

「エーリカさん、そんな怖い顔をしたら可愛いお顔が台無しですよ。あれっ……皆さん、大変お怒りでいらっしゃいますね？」

いつもは可愛いと言っておけばどうにかなるエーリカも、今日ばかりは通用しないようだ。鬼の形相でにらみつけている。

そして、残りの二人――リアとシエロが俺を取り囲むように立っていた。

「いいから座れ」

「はいっ！」

リア、そんな低い声も出るんだな……。

「ひどいです……信じてたのに」

今にも泣き出しそうな顔で俺を責めるシエロ。

やめて……そういうのが一番堪えるから。

「違うんです、これには深い事情があって……」

「事情？ 私達を使って、自分がこしらえた借金返済のための資金を集めようとしていた事か？」

「いや、その、間違ってはいないんですが……」

相手を納得させる屁理屈を考えようとするが、何を言ってもこの状況を覆せるとは思えない。

「カズマも借金があったから仕方なくやったのよね？ 知名度や人気が上がったのは事実だし、今回は水に流しましょ」

「エ、エーリカ……」

「なんて言うとでも思った!? 加害者のくせに被害者ぶってんじゃないわよ、反省しろ!!」

「すみませんでしたあああああ!!」

床に額をこすりつけ土下座をするが……罵倒の雨が止むことはなかった。

「はー……カズマったら、本当に自業自得ね。明日から行けるようなクエストでも探して来ようかしら」

「まったくだな。だが、あんな風に地べたに座らされ、上から目線でガミガミと。ちょっと羨ましいな」

さっさと逃げた仲間が何か言っているが、こっちは文句を言うどころではない。

どうしてこんなことに……借金が総額五億七千万まで膨れたぞ!! いつになったら俺は自由になれるんだ!?

◇第三章

1

アクセルハーツに見捨てられてから数日後、俺は酒場で飲んだくれている。

「飲まないとやってられるかーっ！　借金は雪だるま式に増えていく一方だし、減る気配なんてどこにもない！　ああっ、もう、嫌だあああーっ！」

「いいじゃないの、借金なんていつものことじゃない」

「そうですよ。莫大な借金なんて慣れっこではないですか」

慰めているつもりなのか、アクアとめぐみんが優しい声でふざけたことをぬかしている。

「俺が借金を背負う原因は主にお前らだろうが！　おい、言ってみろ！　今までなんで借金をするハメになったか、原因を言ってみろ！」

テーブルを叩き激しく問い詰めると、二人が無言で目を逸らしやがった。

「大変だったようではないか」

「お疲れ様でした、カズマさん」

同情する声に振り返ると——仮面をつけた悪魔バニルと魔道具店の店主ウィズがいた。

バニルとウィズは元魔王軍の幹部だ。今はアクセルの街で一緒に魔道具店を営んでいる。

実は魔王よりも強いかもしれない（自称）見通す悪魔のバニルと、見た目はおっとり系美女なのにアンデッドの王リッチーのウィズ。

……なんで、駆け出し冒険者の街で商売なんてやっているのか。二人とも実力者なのだから、もっと楽に儲ける方法はいくらでもありそうなのに。

「珍しいな、二人そろって酒場になんて」

「フハハハハ、我輩が小僧を探していると、チンピラ冒険者がここにいると教えてくれたのだよ」

「私はお散歩のついでです」

チンピラ冒険者ってダストか。そういや、さっきまで俺と同じように酒場で酔っ払っていたな。

「バニル、俺になんか用か？」

バニルを見た瞬間に突っかかろうとするアクアに、シュワシュワを与えて大人しくさせてから、素朴な疑問を口にする。

すると仮面越しでも分かる怪訝な顔で、こっちを見た。

「何をおっしゃっているのだ、お客様。先日、大量に発注、製作したアイドルグッズとやらの代金支払日を、よもや忘れたとは言うまいな？」

「三日三晩、休憩なしで働かされた久しぶりの大仕事でしたからね。どれぐらい売れました？」

……すっかり、忘れてました。

おいおい、どうすんだよ！　代金どころかマイナスだぞこっちは!!

「この代金さえ入れれば、しばらくの間、一日二食に加え、おかずを付けることを許そうではないか」

「本当ですか!?　毎日一つだけのぱっさぱさパン生活から脱却できるのですね！」

今までなんてもの食っていたんだよ。毎食、おかずぐらい付けてやれよ。と、同情している立場じゃない。ウィズの食生活より自分の身の安全だ。

どうにかこの場を切り抜けようと考えを巡らせていると、バンッ、と扉の開く音が酒場に響いた。

「た、大変だ！　劇場に、チャーリーとかいう変な男が暴れて。踊り子達が……!!」

慌てて店内に飛び込んできた青年が助けを求める声を上げた。

「もしかして、カズマ達が話してた変質者じゃ!?　リア達が危ないわ!!」

一気にシュワシュワを飲み干して、勢いよく立ち上がるアクア。……って、それよりもチャーリー？　言われてみれば、どこかで聞いた名前のような。

バニルの追及から逃れるチャンスだ！

「って、考えるのは後回しだ。急いで行くぞ！」

代金の話になってから他人の振りをしていた仲間を引き連れ、酒場を飛び出した。

2

劇場の入り口で逃げ惑う人々を押しのけて突入した先で、アクセルハーツと見覚えのある男がにらみ合っていた。

あの恰幅の良い体格、やっぱりどこかで。……チャーリー……ああっ、あいつか!!

「ち、近づいたら、とっておきの魔法を食らわせますよ？　来ないでください、トロールさん!!」

「トロールじゃない、俺にはチャーリーって名前があるんだ！　気軽にチャーリーって呼んでよシエロちゃん!!」

「どうして毎回来るのよ！　やっぱりアタシが可愛いから？　ああ神様……やっぱアタシが可愛すぎるのが悪いの!?」

「なんだお前。シエロちゃんが見えないだろ、そこをどけ」

「何よ、こいつ！　むかつくーっ!!」

相手にされなかったエーリカが地団駄を踏んでいる。

言動からして、こいつシエロ推しなのか。

無駄に力のある迷惑客ほどやっかいな存在はいないな。

「思っていたより切羽詰まってないわね。余裕があるように見えるんですけど」

アクアの言う通り、緊張感には欠けている。とはいえ、放置していい事態ではない。

「リア、シエロ、エーリカ！　大丈夫か!?」

「カズマ！　それにみんなも……」

リアが少し安心したのか、ほっとした顔でこっちを見る。

「間に合ったみたいですね。無事でよかったです」

「こいつ、王都でやり合ったトロールだろ!?」

びしっと指差すとチャーリーが顔をゆがめてニヤリと笑う。

「あら、カズマの知り合い？」

そうか、アクアは初対面だったな。

「あの時は、よくも大事な踊り子計画を潰してくれたな！　おかげで俺はさらに借金地獄だよ！　どうしてくれるんだ！　この落とし前つけさせてやるから覚悟しろ!!」

「覚悟するのはそちらだ。踊り子をさらってくる……。ダニエル様の命令は、絶対なんだーっ!!　うおおおお……!!」

咆哮と共に、チャーリーの肌は緑に染まり体も肥大していく——

「え、ダニエルさん？　今ダニエルさんと仰いました？　それってもしかして——」

あれ、ウィズも付いてきたのか！　バニルは……いないようだ。

「何ぼーっとしてんだ、ウィズ！　来るぞ!!」

「グオオオオオオオオオ!!　シエロちゃん達はもらっていくぞ！」

俺とダクネスはチャーリーの前に立ちはだかり、武器を構える。

「お客様、当店はお触りは禁止です！　それ以上、彼女達への迷惑行為は……強制退店させるぞ！」

「貧弱な人間がやれるものならやってみろ！」

迷惑トロールは強気の態度を崩さない。

前回は不意を突いてシエロの渾身の一撃が股間にクリティカルヒットして、なんとか倒すことが出来たが、二度も同じ手は通用しないだろう。

相手もそれを思い出したのか、シエロを警戒しつつ、左手で大事な部分をガードしている。

俺の剣や矢があの分厚い脂肪の鎧を貫けるとは思えない。一撃必殺をもとめるなら、めぐみんに任すのが一番だけど——

ちらりと視線を隣に向けると、目を輝かせた息の荒い魔法使いがいた。

「撃っていいんですか!!　爆裂魔法を撃っていいんですよね!?」

「ダメに決まってんだろ！　劇場でそんなもんぶっ放してみろ。全員が巻き込まれるし、借金が上乗せになるだけだ！」

とはいえ、トロールの耐久力を考慮するなら、破壊力の高い一撃で倒すのが得策。

「よっし、こうなったら正攻法だ。……ウィズ頼む」

「えっ、私ですか!?　カズマさん達がお知り合いを助ける流れでは？」

「いいんだよ。戦いは内容じゃなくて、結果が重要だからな。怪我人を出さずにみんな無事に帰るには、これが最良なんだ。あと、劇場への被害は少なめにお願いします！」

「は、はあ。頑張ります」

俺が勢いよく頭を下げると、場の空気に流されて了承してくれた。

ウィズは強引に言い寄られると弱いからな。

「なんだ、お前は戦わないのか。そんな老けた女の尻に隠れるとは。どうせなら、シエロちゃん達のような、ピチピチな女の尻を追いかけた方がいいぞ」

「今……なんておっしゃいました？」

「……ウィズ、さん？」

うつむき肩をふるわせているウィズから、強烈な殺気を感じた俺はそっと離れていく。

「どうせ追いかけるなら、若くて可愛い(かわい)シエロちゃんのような子が一番。地味で露出も少ない潤いのない女の——」

「『カースド・ライトニング』！」

チャーリーが言い終えるより早く、ウィズから放たれた青白い雷撃が貫いた。

「うぎゃあああああ!!」

全身を激しく痙攣させて片膝をつき、手にしていた武器を落とすチャーリー。

表面が黒く焦げた体から、美味しそうな匂いが漂ってくる。

「グッ……トロールエリートであるこのオレがっ!! 今回は退くが、これで勝ったと思うなよ？ 今日のことは絶対、ダニエル様に言いつけてやるからな!!」

「ダニエルって、トロールロードのダニエルさんですか!?」

ウィズに問いかけられ、チャーリーの動きが止まる。

「何だ、知ってるのか……いかにも、そのダニエル様だ！ ダニエル様が怒ったら、ただじゃ済まないからな!!」

捨て台詞を残し、劇場の壁を突き破ってチャーリーが逃げていく。

あの野郎、無駄に物を破壊していくな！　また借金が増えるだろ！

「逃げられましたね……あの巨体で何という敏捷性。そういえば……ウィズはもしかして、あのトロールと面識があるのですか？」

小首を傾げた状態で何やら考え込んでいるウィズに、めぐみんが質問している。

俺もそれを訊きたかったからちょうどいい。

「いえ、めぐみんさん。あのトロールさんのことは存じ上げないのですが、お話に出ていた『ダニエルさん』が、古い知り合いでして……」

「また、あんたって子は！　性懲りもなく今回も、憎ったらしい敵と裏で繋がってたのね！」

話の途中だというのにアクアがウィズに絡み始めた。

「ご、誤解ですアクア様！　あくまで昔の話で、今はまったく――」

「フン！　往生際が悪いわよ、この内通者リッチー！　今日こそ綺麗に浄化してあげるから、覚悟しな――」

「こら、話が進まんからやめろ」

邪魔をするだけでなんの役にも立たないアクアの頭を小突く。

「痛ったーい……カズマが殴った……」

「それで、そのダニエルってやつは何者なんだ？　あのトロールの親玉なら、たいしたことなさそうだけど……」

「そんなことありませんよ。ダニエルさんは、かつて魔王軍に所属されていて。当時からとてもお強い方だったと聞いてます」

「ま、魔王軍ですと!?」

また魔王軍がらみかよ。ただの迷惑トロールかと思ったのに。

「はい。強大な力をお持ちだったので、ダニエルさんを新たな幹部にという話し合いが何度も出ましたから」

魔王軍幹部クラスの実力……？　おいおい、そんなやつを相手にするのは危険すぎる！

「どうしてそんな奴が……？　特にシエロが狙われているようだけど」

リアの疑問はもっともだ。魔王軍幹部に狙われる覚えなんて、これっぽっちもない。

「そんなことないよ。チャーリーさんは、ボク達三人を城へ連れていくって言ってたよ？」

アクセルハーツを魔王軍の幹部候補が？

よくわからんが、面倒なことになるのは目に見えているな。

「大丈夫！　本当にダニエルってやつが来たとしても、みんなで撃退してやりましょう。ね、カズマ？」

「お前らはお前らで頑張れ！　じゃ、お疲れ！」

「って、何いきなり逃げ出そうとしてんのよ！」

これ以上は巻き込まれてたまるかと、回れ右をして劇場から逃げようとしたら、エーリカに襟首を掴まれた。

「何をおっしゃいますやら、俺はただの冒険者ですよー。それに心はともにあっても、今は別々の道を歩いて行く仲じゃないですかー」

その手から逃れようとあがいていると、リアとシエロにも回り込まれた。

「……ダニエルとかいうトロールは今は魔王軍ではないんですよね？　かなりの実力者という話なのに、どうして？」

めぐみん、その疑問を口にする余裕があるなら俺を助けてくれ。

「実力者ではあるのですが。ダニエルさんは、無類の踊り子好きでして……」

「……んん？」

予想外の言葉が聞こえたような……。

「お仕事よりも踊り子を追っかけることに夢中で、魔王様の命令をよく無視してらしたんです。あまりに度が過ぎるということで最終的に魔王軍を除名に――」

「ただのアイドルオタクじゃねえかっ!!」

すべてが、さっきのトロールよりヤバそうだ。

実力もそうだが、迷惑客としても。

「魔王軍幹部クラスの実力。さらに屈強な部下まで率いてるなんて……厄介なファンね。これもアタシが可愛いせいね!! ああっ、魔王軍の幹部候補すら惑わす可愛さが憎いわ!!」

エーリカは危機感が薄いな。一応、忠告ぐらいはしておいてやるか。

「楽観視しないで、ちゃんと注意しておけよ？ そしてお前達も冒険者なんだから、自分の身は自分で守れ」

「え……ボク達を守ってくれないんですか？ カズマさんは、プロデューサーなのに……」

おっと、シエロ。捨てられた子犬のような目を向けても無駄だ。

今の俺はプロデューサーではない！ お前らがクビにしたからな！

「それは昔の仕事だ！ 借金返済で忙しい俺に、構ってる時間はない!!」

「仕事で関りがなくなった途端、冷たい対応……。さすがはクズマさんね」

「クズって言うなよ、クズって。傷つくだろ？」

魔王軍の幹部候補なんて相手にしてたら命がいくつあっても足りない。ここはまず、目の前の借金返済をどうにかしないと！

3

いつもの酒場でいつものように、空になった大量のジョッキに埋もれるように机に突っ伏して、俺は涙を流していた——

「もう……やだ……」

「いつまでふてくされているつもりですか？　まあ借金が増えて、やる気が出ない気持ちはわかりますが」

「それだけじゃない、魔王軍の幹部クラスだったやつを敵に回しちまったんだぞ？　ああ、この世界に神はいないのか……」

「あら、この女神を呼んだかしら？」

ドヤ顔を見せつけるアクア。

その顔をじっと見つめて大きなため息を吐く。

「そうか……神も女神もいなくて、駄女神しかいないんだな」

「あーっ、また駄女神って言った!?　私が本当に駄女神かどうか証明を——」

耳元でキャンキャン吠えるアクアの頬を掴み左右に引っ張る。

「いひゃい、いひゃい、やめへ」

意外と伸びるな。

「落ち着け、敵は強大だ。内輪もめしてる場合ではないぞ？　ダニエルは魔王軍の幹部候補だったほどの実力者……。私はクルセイダーとして、身を挺して皆を守る義務がある。リア達をさらおうとするならば、私が代わりにさらわれよう。そして城に連れ去られた私は鎧を剝かれ、あられもない姿に――」

妄想を吐き出して身もだえする、ダクネス。

「くぅ……行きたくはない！　行きたくはないが仕方がないな!!」

「はーっはっはっは！　魔王軍幹部候補だろうとなんだろうと、我が爆裂魔法で撃退してみせますよ！」

俺の周りでまともな神経をしているやつはいないのか……。

あっ、でも、あれだ。奴らの目的はアクセルハーツだしな。

俺はもう関係者じゃないから、余計な手出しさえしなかったら、巻き込まれる事はないだろう。

そう、このまま傍観していれば俺の安全は保たれる。

「へっ。相変わらず騒がしい奴らだな」

頭を抱えて唸っていると、更に面倒なやつの声がした。

「あら、ダストとリーンじゃない」

アクアの声を聞いて顔を上げると、チンピラ冒険者のダスト。そして、そのパーティーの紅一点で魔法使いのリーンがいた。

「これ以上、面倒事は勘弁してくれ。リーンもダストの手綱ちゃんと握っておいてくれよ」

「まだ何も言ってねえじゃねえか！　どうした、ご機嫌斜めみたいだが。どうせ、またなんかやらかしたんだろ？」

「放っておいてくれ。しっしっ」

目も合わせずに追い払おうとするが、意にも介さず隣に腰を下ろしやがった。

「何だ、図星かよ？　ははっ、それでしけたツラしてんのか。そんなお前に、元気が出る話を持ってきてやったぜ？」

こいつが持ってくる美味しい話は、裏があるか失敗するかの二択。聞くだけ無駄だ。

「残念だな、今の俺は頭がいっぱいでそう簡単に元気は――」

「もうじき美女達の色っぽい肉体をガン見し放題だと思えば、男なら元気になるだろ」

すっと顔を上げ、真摯な表情で友の顔を見つめる。

「……ダスト。その話、もう少し詳しく」

「ベルゼルグ王国主催の『踊り子コンテスト』⁉」

詳しい話を聞いて、思わず机に身を乗り出す。

「ああ、この国で最高の踊り子ユニットを決める大会……。その百回目を記念して、いつも以上に派手にやるらしいぜ？」

ダストの話だけだと信用が皆無なので、確認のためにリーンに顔を向けると、大きく一度うなずく。

「エルロードからの特別協賛もあってね。契約金とか諸々合わせた賞金総額は十億エリスって話よ？」

「じゅ――」

「「十億エリス⁉」」

アクア達の放った大声が、俺の驚く声をかき消す。

「応募者が多いから、王都の本選の前にアクセルでも予選をやるらしいぜ。可愛い子の踊りを肴に、酒でも飲んで楽し――」

「それだ……」

「ん？　何か言ったか？」

「それだああああああ!!　今度こそ最初で最後、起死回生のチャンスが来た!!」

この幸運を物にして、借金を返済するしかない！

拳を掲げ歓喜の叫びを上げているというのに、アクア達はどこか冷めた目でこっちを見ている。

成功者になっても、お前らには一エリスもやらんからな！

「ふははははは！　急にやる気が出てきたぞ!!　十億エリスはアクセルハーツと、この俺が頂く!!」

「アクセルハーツって最近話題の踊り子達よね？　どういう繋がりがあるのか知らないけど、あの子達でも簡単にはいかないと思うわよ？　予選を突破するだけでも、とんでもない倍率なんだから」

リーン、興ざめするような事を言うなよ。そんな現実は知りたくない！

「なかなか狭き門というわけか。残念だったなカズマ」

「……はっ！　そうだわ!!」

珍しく黙り込んで考えるような素振りをしていたアクアが、名案が浮かんだとばかりに両手を打ち鳴らす。

何かを思いついたようだが、どうせろくな事じゃない。

「そうよ、何もリア達に任せっきりにしなくてもいいじゃない！」

「どういうことだ？」

「女神であるこの私が、コンテストに出場すれば話は簡単！　予選も本選も勝ち抜いて！　見事に十億エリスを手に入れてみせるわ。その代わり……借金を返して余った分は私のものよ？」

「おいおい、女神だなんだって盛り上がってるとこ悪いけど。エントリーは三人以上のユニットに限るらしいぜ？」

ダストに指摘されたアクアは自分、めぐみん、ダクネスを順番に指差す。

「ちょうどいいじゃない。私達三人なら、優勝も間違いなしね!!」

「紅魔族随一の魔法使いであるこの私がコンテストに出るとは……。まさに世界が選択せし運命!!」

「劇場に満ちた熱い吐息！　審査員達の舐めるような視線！　ああっ、想像しただけで体が熱くなって……！」

優勝間違いなし、ね。……いつも通りおバカな駄女神と、頭のおかしいロリッ子と、ドMのクルセイダーしか、俺の目には見えないんだが。

「おー、あんたらも出場するのか。無謀だって言いたいところだが、黙ってりゃ美人だもんな。意外といけるんじゃね？」

ダストに言われて、ふと気づいた。

そうか。うっかり忘れてしまいそうになるけど、こいつら見てくれだけは悪くないんだもんな。可能性はある……かもしれない。

「よし、お前ら三人もついでに俺がプロデュースしてやる!! 期待してるからな!?」

「「「はい、プロデューサー!!」」」

これだけやる気があるなら、どんでん返しもあり得るか。……とはいえ、こいつらは保険でしかない。本命はやっぱリア達だな。

もう一度、俺にプロデュースさせてもらえるように頼んでみるか。

待ってろよ、アクセルハーツ……。お前達の力で今度こそ、俺は借金を返して自由を手に入れる！

「あっ、またカズマさんが悪い顔になってる」

万全の態勢で『踊り子コンテスト』に挑むために俺はリア達の一軒家へ、意気揚々と足早に向かった。

4

アクセルの街の小劇場。リア達が公演前の自主練に訪れるのは把握済みだ。

先日、屋敷を訪ねる前に考えを改めると、早朝から小劇場に入り込み、ずっとあることをしていた——

「これは……本当に私達の劇場か？」

「凄い、装飾が新品のように磨かれてる。マイクまでこんなにピカピカだわ！」

「手が届かない照明の裏も、塵一つありません。こんなに綺麗になるなんて、誰が……？」

舞台の袖に隠れて彼女達が驚く様を観察している。

辺りを見回し、感嘆の声を漏らしているな。そろそろ、頃合いか。

「ふっふっふ……気に入ってくれたかな？」

頭にタオルを巻き、手にはぞうきんとバケツ。見るからに「今まで掃除してました」と、アピールする格好で彼女達の前へと進み出る。

「……もしかして、カズマが掃除を？　どういう風の吹き回しだ。まさかまた何か企んでるんじゃ——」

リアは驚きと感謝が入り交じった表情だが、その目は疑いの色が濃い。エーリカとシエロはもっと露骨に疑いの眼差しを向けている。

まあ、そう簡単にはいかないよな。だが、ここで更に追撃だ。

「企んでなんかいない！　むしろ逆だ!!　今までの非礼を、是非とも謝罪させてほしい……すまなかった!!」

三人に向けて飛び込むようにスライディング土下座をする。

「カ、カズマさん。土下座なんて……頭を上げてください」

「ここまでしないと俺の気が済まない。事情があったとはいえ、お前達をビジネスに利用しようとしたことは事実だから……」

一番情に流されそうなシエロに向けて誠心誠意、謝っている……ように見えるよう、大げさな手振り身振りを交えながら、情に訴える。

「カズマ……」

エーリカも俺の態度を見て態度が軟化しているようだ。もう、一押しか。

「だから今度こそ、踊り子として夢を叶えようとするお前達を、本気で応援したいんだ。俺にもう一度、チャンスをくれ!!」

「……頭を上げてくれ。謝罪はもういい、済んだことだからな」

リアが俺の肩に手を置き、優しく微笑む。

「なんだかんだでアタシ達の知名度が上がったのは、カズマの手腕だし……感謝もしてるのよ？」

「お金なんていらないと思ってるのは、カズマさんだけではありません。ボク達の夢、応援してくれますか？」

俺はその言葉に促され、ゆっくり立ち上がると涙を拭う……振りをする。

よっし、かかった!!

「お前達……それじゃあ……!!」

「ああ。これからもよろしく頼むよ、プロデューサー」

リア、エーリカと熱い握手を交わし、勢いでシエロの手も掴むところだったが寸前で止まった。

「ああ、一緒にがんばろうぜ！」

想定以上に上手くいった。

あとは、リア達をコンテストで優勝させることが出来れば、賞金十億が手に入る！　借金返済の道が見えてきたぞ！

「で、早速だが一つ提案があるんだ。コンテストに出てみないか？」

「コンテストって……今度、アクセルで予選が行われる……？」

「その通り！ 優勝すればアクセルハーツの名前はこの国中に知れ渡るはずだ！」

俺の提案を聞いて、三人が顔を見合わす。

これに乗ってくるかどうかで未来が変わる。どんな手段を使っても、コンテストには出てもらわなければならない。

「大丈夫なのか？ かなりの実力派も出ると聞いたが……」

「何を弱気になってんのよ。王都で一番可愛いって証明するいい機会じゃない……王都のステージに立てばきっと……！」

「そ、そうだね。エーリカちゃんの言う通りだよ。ボク達に出来る最高のショーを披露しよう！」

「……わかった、二人が言うなら。やれるだけやってみよう」

トントン拍子に話が進みすぎて、逆に不安になってきた。

だが、今更引くわけにもいかない。このまま突っ走るのみ！

「念のため概要を確認しておくか。王都での本選に出るにはアクセル周辺エリアの代表を決める予選を勝ち抜く必要がある、と。予選の一次選考は審査員との会話。二次で体力、三次で知力を確認して最終選考でパフォーマンス……なるほどな」

アクセルだけで四回も振り落とされるのか。保険にアクア達はいるが、望みは薄いだろうな。頼むぞ、アクセルハーツ。

5

「お集まりの皆さん、お待たせしました。踊り子コンテスト出場をかけた、選考会を開始します！」

タキシードを着た司会の開会宣言が響くと、観客席から歓声が上がる。

コンテスト当日、屋外ステージには想像以上の参加者と観客が集まっていた。

「いよっ、待ってましたー！　水着審査はあるんだろうな」

「女神様も出場すると聞いたからな。この僕が、誰よりも熱い声援を送ってみせよう!!」

観客席に騒がしいのがいるかと思ったら、ダストとミツルギか。

一人はエロ目当て、もう一人はアクアが参加すると聞きつけてやって来たそうだ。

「一次選考は、踊り子に必要な愛嬌(あいきょう)を確かめる質疑応答！　呼ばれたユニットの方は審査員の前に進み出てください!!」

「あいつら、大丈夫かな？　なんだか俺の方まで緊張してきた……」

アクセルハーツは大丈夫だと思う。何度も舞台に立っているからプレッシャーにも強いはず。だが、問題はあっちだ……。

トラブルメーカーのアクアと爆裂魔法命のめぐみん。三人の中では一番常識があるダクネスも、あの性癖がネックなんだよな。

余計な事をするのではないかという心配で居ても立ってもいられない。

そんな俺の不安をよそにコンテストは滞りなく進み、とうとうあいつらの出番となった。

「ええっと……次は『爆裂女神ラティーナ』の三名ですね。どうぞ、審査員席の前に‼」

「ぶはっ！　なんて名前を付けてんだ！」

「うおっ、汚ねえな！」

思わず吹き出した飲み物が、前に座っていたダストの後頭部に命中。なんか文句を言っているが、こっちはそれどころじゃない。

「アクア、聞いてないぞ⁉　何だ今のユニット名は⁉」

「ふふ、私が名付けました。なかなかいい名前だと思わない？　みんなのいいところを集めてみたの！」

「いいですね！　さすがですよアクア、私は大満足です！」

犯人はアクアか。まともな神経をしていたら不満を口にするだろうが、紅魔族のセンスではありらしく、めぐみんは満足げだ。

「それでは質問タイムです。『爆裂女神ララティーナ』の皆さん、よろしくお願いします！」

「ラ、ララティーナって呼ぶなー!!」

顔面を真っ赤にして叫ぶララティーナ――もとい、ダクネス。

「ええっと、質問してもいいかな？　このコンテストに出場しようと思った理由を教えて欲しいんだが」

審査員があご髭をしごきながら、定番の質問を投げかける。

「このような場に出るのは、貴族としては憚られるのだが。仲間の頼みは無下に出来ないからな」

「我に眠りし踊りの才覚に、覚醒の時が訪れただけのこと。紅魔族の誇りにかけて、民衆の心を掴んでみせましょう!!」

「コンテストに出場する理由はもちろん、私が女神だからよ？　誰にも負けられないわ!!」

「さすがは女神様！　僕は一生ついていきます!!」

アクアのアピールに一人だけ盛り上がっている観客がいる。知り合いだと思われたくないから距離を取ろう。

「熱狂的なファンがいるようですね。お知り合いですか？」

審査員とアクアの視線がミツルギに向けられる。目を細めてじっと見つめていたアクアが首をかしげる。

「いえ、知らない人です。でも応援ありがとう！」

「アクア様⁉」

あーあ、ショックのあまり崩れ落ちたぞ。

「女神に中二病に貴族……。なかなか濃いキャラクター設定のユニットだ」

日本ならバラエティー番組で重宝されそうな三人組だよな。……色物枠として。

「設定じゃないわよ！　本当なんだから！」

「すごいな、設定キャラになりきっている……そうだ！　何か、女神っぽい出し物なんかは出来る？」

「いいでしょう、設定じゃないってことを証明してあげるわ。せっかくのハレの舞台だし……それっ！　『花鳥風月』」

いつもの宴会芸を見せつけると審査員がざわつき始めた。

「おお！　水芸で虹を作り、観衆を虜にするとは……爆裂女神ラ ラティーナ、一次選考合格！」

「合格なのはありがたいが……こんな審査でいいのか？」

6

次々と出場者が現れ自己アピールを見せつけている。思ったよりも進行が早く、本命――アクセルハーツの出番となった。

「次が最後のユニットです。アクセルハーツの皆さん、どうぞ審査員席の前に!!」

「ボクのこと知りたーい？　教えろ教えろシエロちゃん!!」

「見た目はクール。中身はホット！　リアでほっと一息ついてねっ!!」

「世界中の可愛い(かわい)が大集合！　可愛さ一〇〇〇パーセント、エーリカでーす!!　三人合わせて――」

「「「『アクセルハーツ』でーす！」」」

場数って大事だな。当初は照れがあった名乗りだったが、堂々と見事にやりきっている。

「いいぞ、アクセルハーツ！　今日もリアちゃんが一番だ!!」

「いいや、エーリカだろ！　可愛さがきまってるぞぉ!!」

「シエロさん、今日も重い一撃よろしくお願いします!!」

固定ファンの応援が飛び交う。……一部、ヤバいファンがいるな。

でも、いいぞ。ここ一番の盛り上がりだ。

「凄い人気だね。ええっと……質問してもいいかな？　このコンテストに出場しようと思った理由を教えて欲しいんだが」

「理由、か……たいした理由はないな。私達の歌と踊りを、もっと多くの人に届けたい。ただ、それだけ」

審査員の問いに、リアが通る声で想いを口にする。

「シンプルだ……しかし、それ故に素晴らしい」

「あと、アタシの可愛さも届けないと」

「歌と踊りを見てもらえれば、皆さんの心に届くと信じてます！　だから、まずは一度見てください！」

シエロも度胸が付いたな。以前なら緊張で、しどろもどろになっていたのに。

三人の成長に満足した俺は何度もうなずく。

「カズマ……まるで、お前が育てたかのような態度に見えるんだが」

前の席にいるダストが振り返ると、あきれたような目つきでこっちを見ている。

「実際、俺の指導の賜物だからな」

ここまで成長出来たのは、俺のおかげと言っても過言ではないはずだ。

「なんという純朴さ……文句なしで、一次選考合格！」

合格発表を聞き、アクセルハーツの三人が満面の笑みで手を取り合い、舞台の上を飛び跳ねている。

7

審査がすべて終わり、アクア達とアクセルハーツの面々が俺のところに集まった。

「無事に、一次選考は通過したぞ」

「気を抜くな！　勝負はこれからだぞ……。でもまあ、ひとまずはおめでとうと言っておこうか」

文句の付け所がない、最高のアピールだったがここで慢心させてはいけない。油断に繋がるからな。

「ふっふーん、私も合格よ！　女神である私のおかげね！」

アクアは調子に乗っているが、こいつらは制御出来ると思ってないから好きにやらせよう。

「嬉しいけど、今よりも次のことよ！　二次選考は体力、三次選考は知力、その後に最終選考……まだ先は長いわよ？」

俺が忠告するまでもなくエーリカが自ら気を引き締め直している。

「最終選考は、歌と踊りを実際に披露するのですよね？　今のうちに、踊りを考えましょう！　紅魔の血が騒ぎます！」

「歌なら任せてちょうだい！　どんなに泣き止まない赤ちゃんでも、たちどころに笑顔になる歌を唄ってあげるわ！」

「まさか……肌も露わな衣装で舞台に立たされた挙句、男達の前で身をくねらせて踊れと……そそそ、そういうことなのか⁉」

うちの子達は、本当にブレないな。最終選考まで残れるかどうかもまだわからないのに。

この三人の歌や踊りの技量ってどうなんだろう。期待よりも不安が先に来るけど、合格したらラッキーぐらいの心構えでいよう。

まあ俺としては、リア達でもアクア達でも構わないからな。優勝して十億を手に入れて借金が返せれば……！

頼むぞ、みんな。何としても勝ち抜いてくれ‼

二次選考が始まったのだが、俺の周りがうるさい。

「勝ち抜くのは私達、爆裂天使ラララティーナよ‼」

「一人でも多くの人達に、歌と踊りを届けるために……。アクセルハーツの三人で、王都のステージに立ってみせる!!」

アクアとリアが闘争心むき出しでにらみ合っているが……二人とも舞台には立たず観客席にいる。

二次選考は舞台上で体力勝負なのだが、各ユニットから一人代表者を選出するため、それ以外のメンバーは蚊帳の外となり、応援に回っていた。

代表に選ばれたのはダクネスとシエロ。

「フンッ、フンッ、フンッ……腹筋などいくらでも可能だ!!」

「さすがはクルセイダー、ボクも負けてられません!!」

二人が尋常じゃない速度で腹筋を繰り返している。それどころか、平然と会話を交わす余裕まであるようだ。

「どちらも優に千回は超えてると言うのに……。未だにペースが落ちませんね。あの体力、同じ女子とは思えませんよ」

「服の上からじゃわからないけど、二人とも腹筋はバキバキに割れてるんじゃない？　意外と固そうよね」

「だ、誰がシックスパックだ！」

「そうだよ！　ボクだって女の子なんだから、あんまり言われると傷つくんだからね？」

めぐみんとエーリカの声が届いたのか、二人が同時に反論を口にしている。

「二次審査の体力勝負も佳境だ……アクセルハーツのシエロと、爆裂女神ラティーナのダクネス。どちらのマッチョが勝つのか？」

「「マッチョって呼ぶなー!!」」

司会者の言葉に二人が叫び返していた。

8

アクア達は思いのほか善戦し、二次選考を通過した。そして迎えた知力を試す三次選考でも――

「回答者は五秒以内に回答してください。では問題。最強の攻撃魔法と呼ばれる――」

「はい!!」

司会者が問題を読んでいる途中で、めぐみんがびしっと挙手をした。

「おっと、早い。爆裂女神ラティーナ、回答をどうぞ!!」

「我にこのような問題とはなんたる愚行！　黒より黒く闇より暗き漆黒に我が深紅の混淆を望みたもう――」

「失格、時間オーバーです」

「なんですとっ!?」

あーあ、無駄に前置きが長いから。

「もう一度問題……。最強の攻撃魔法であり、ネタ魔法とも言われている魔法は？」

「えっと……爆裂魔法！」

「正解です!! アクセルハーッ、十ポイント!!」

エーリカが漁夫の利で当てたか。

「不正解です！ 爆裂魔法はネタ魔法なんかじゃありませんから！ 私がここで真実を証明してみせようではないか!!」

その回答に不満を隠さないめぐみんが、杖を取り出し詠唱を始める。

「ヤバいぞ、頭のおかしい爆裂娘だ!! あいつを取り押さえろ！」

審査員達はこれもキャラアピールの一環ぐらいにしか思っていなかったようだが、観客席にいたアクセルの住民達が一斉に飛びかかり、杖を奪っている。

「誰が頭のおかしい爆裂娘ですか!! や、やめろぉ！ 杖を返してください！」

「あんなに人だかりが出来るぐらい熱心なファンがいるなんて。意外と人気があるのね……でも可愛さでは絶対に負けないわ！」

エーリカが感心して闘志を燃やしている。完全な勘違いだがやる気が増したならよしとしよう。

ひと悶着ありながらも注目されるアクア達を見て、もしかしたら本当に優勝するかもしれないと淡い期待を持っていた。が——

「最終選考に進む最後の一組は……アクセルハーツだあああ!!」

「私達が、最終選考に……！」

「まあ当然よね。だってアタシ、可愛いもの。ああっ、可愛いって罪なのね!!」

「落ちてしまったアクアさん達の分まで、一生懸命頑張ります」

——いたって当然の結果となりました。そりゃそうだ。

「なんでよ！ なんでなのよぉ!!」

「落ち着けアクア。元々、踊り子として経験のない私達がここまで来ただけでもよくやった方じゃないか」

「そうですよ。私達が落ちたのは納得いかないかもしれませんが」

駄々をこねるアクアをめぐみんとダクネスが慰めている。

……妥当な結果だと思うぞ。むしろ、頑張った方だ。

さて、意識を切り替えないと。ここからはもうリア達だけだ！

「胸を張れ。お前達は、俺の知る限り最高の踊り子だ！ それぞれの夢を叶えるために、本選出場を決めてこい!!」

「あ、ありがとうございます。ボク、一生懸命頑張りますから！　本選に出て、いつか男性恐怖症を治すために!!」

「アタシは、王都のステージに立って……。可愛いアタシをパパとママに見つけてもらうために!!」

「わ、私は……」

意気込むシエロとエーリカに比べて、少し戸惑うような素振りを見せるリア。

「そういえばリアが踊り子をやってる理由は聞いてなかったな。二人は知ってるのか？」

「リアちゃんが、踊り子をやってる理由……？」

「今まで気にしたこともなかったわね」

長い付き合いのある二人でも知らなかったのか。

「……私が踊り子をやってるのは……アクセルハーツは記憶が無かった私に居場所を作ってくれたから。それに——」

「間もなく最終選考が始まります。合格者の皆さんは、ステージ裏の控室にお集まりください」

「っと、時間か……それじゃ行ってこい。リアの話はあとでちゃんと聞くから、待ってるぞ」

リアの記憶が無かった発言と、動機の続きが気にはなるが、今はこっちに集中してもらわないと。

「……そうだな、話は最終選考の後に。絶対に本選出場を決めてみせるよ」

「ああ、負けるんじゃないぞ！」

9

アクセルハーツは全力で歌と踊りを披露し、すべてのユニットのパフォーマンスが終わった。最終予選は、結果発表を残すのみとなる。

「アタシ達、やれるだけのことはやったよね……？」

「お客さんも盛り上がってくれていたと思うけど。どうなんでしょう……？」

最終選考に残った面々が舞台に並び、緊張の面持ちで結果を待っている。

観客席で待つ俺に出来ることはもうない。こうなったら、祈るしかない！　頼む！

「厳正なる審査の結果が、今出たようです。審査員より、優勝者を発表してもらいましょう!!」

舞台上のアクセルハーツと俺達は審査員に注目する。

ごくり、と誰かの唾を呑む音がした。

「それでは発表しよう。踊り子コンテストのアクセル予選を勝ち抜き、本選に出場を決めたのは――」

もったいぶるな。早く言ってくれ！

リア達なんて緊張で顔色が真っ青だぞ。

「アクセルハーツの三人だー!!」

「……っ!?」

顔を見合わせた三人は何か言おうとしたが、喜びのあまり声が出ないようだ。

ただ、黙って抱き合っている。

よしよし、本選出場決定！　ようやく十億エリスに一歩近づいたぜ……。目指すは借金返済!!

アクア達も我が事のように喜んでくれている。

歓声も止み、ようやく会場が落ち着き始めたタイミングで声が響いた。

「おや、ちょうど終わったところでしたか。もう少し早く来れば、色んな踊り子が見れたのでしょうね」

妙に落ち着き払った男の声がする。それに、混じって聞こえるのは――

「ん？　何よこの声。それにこの羽音、どこから？」

「上です！　空を飛んでるあれは……鳥？」

「いや、ワイバーンだ！　背に誰かを乗せてるぞ!!」

仲間の声に促されて視線を上げると、ワイバーンが上空で停滞していた。

そして、その背に身なりの良い格好をした紳士風の男がまたがっている。

「ハァハァ、本物のリアです……！　生で見るリアの太ももはやはり眩しい、すりすりしたいですね!!」

欲望を口にして恍惚の表情でリアを視姦している。

こいつ、紳士は紳士でも変態紳士かよ！

「太もも!?　すりすり!?　何を言ってるんだ……!?」

「はっ……すみません、私としたことが思わず興奮を。申し遅れましたが、私はダニエルと申します」

その名前に聞き覚えが。……ダニエルって、まさか!?　ウィズが言ってた元魔王軍で幹部候補にもなったやつ!?

「ダニエル……確か、握手会に乱入してきたトロールの親玉か。一体、何の用だ!?」

リアが上空を勇ましく指差しているが、相手の変態ぶりが怖かったのかシエロの背後に隠れている。

「ファンに対して随分な言葉ですねぇ……。しかし嫌いではありません。さすがは私の推しのリアです」

この、変態紳士が……本当にそんな実力者なのか……？

「リアが推し……。チャーリーとか言っていたトロールはシエロ推し……。どうして、一番可愛いアタシの推しがいないのよ！」

「そんな事を言われましても」

見当違いな事で怒りをあらわにして、ダニエルに怒鳴りつけるエーリカ。

「あーっ、本日は推しであるリアを含むアクセルハーツを、私の城に招待しようと思ってやって来ました」

「招待って、行くわけないでしょ⁉　そっちのトロールには王都のツアーをめちゃくちゃにされた借りがあるんだから‼」

エーリカの言う通りだ。こんな変態に誘われてほいほいついて行くバカはいない。

「……そうですか、残念です。手荒な真似はしたくなかったのですが――」

ワイバーンの背から飛び降りると、苦も無く地面に着地した。

そして、頭の帽子を投げ捨て、上半身をのけぞらせる。

「ぐおおおお……おおおオオオオオオオオ‼」

「うるさいわねぇ。こいつも変身するつもり？　あーやだやだ。また、あの不細工になるわけ」

　アクア、もうちょい緊張感を持ってくれ。

　あのシエロ推しのトロールも厄介だったが、こいつはそれの親玉だ。魔王幹部候補だったのが本当なら、その力は——

　ダニエルの体が膨張していく。服を引き裂き現れたのは強靱な肉体。

　赤い瞳に鋭くとがった牙。一目でわかる、こいつは強敵だと！

「この姿を現すのは何年ぶりでしょうか……。トロールロードの力を思い知るがいい‼」

「ト、トロールロード⁉」

　めぐみんが目を見開いて驚いているが、トロールロードってそんなに凄いのか⁉

「さあ、一緒に来てもらいましょうか……。アクセルハーツの踊り子ちゃん達‼」

「ひ、ひぃぅ……‼」

　三人が身を寄せ合って震えている。

　凶悪な見た目の化け物から、そんな発言が飛び出したら怯えて当然だ。

「やめろ！　こいつらに手を出すな‼」

「カズマ……!!　隠れてなかったら格好良かったのに」

　ダニエルの前に飛び出したダクネスの後ろに隠れてから、大声を張り上げた。

「こいつらは俺の金づ……じゃなくて仲間なんだ！　そう簡単に渡してたまるか!!」

「……カズマ、今、金づるって言った？」

　耳ざといアクアが半眼を俺に向ける。

「言ってない。行くぞみんな！　リア達を守れ!!」

「防御は私に任してくれ！　あの凶悪でスケベそうな面を見てみろ！　それに加えてヤバい変態発言の数々。ああっ、あの欲望が向けられると思うと……たまらんっ！」

　おー、良い笑顔で前衛に立ってくれた。変態勝負なら、うちのも負けてない。

「ほう、あなたもなかなか素晴らしい見た目をしていますが。……私の好みには遠く及びませんね。私の求める踊り子は健全さと健康美を兼ね備えた存在。あなたのように無駄に色気のある体は論外です」

「くっ、罵倒されているというのに、感じてしまう自分の体が恨めしい！」

「いいですか、胸や尻は大きければ良いというわけでは——」

　理想の踊り子像を語り始めるダニエル。

「いや、胸や尻のでかさは大事だろ？」

気持ちよく語るダニエルに乱入してきたのは——ダスト⁉

そういや、会場にいたな……。

「お前さんだってデカい胸の女がいたら、思わず見ちまうだろ？」

「それはそうですが、私は胸よりも太ももに惹かれますね」

「あー、確かにすらりと伸びた脚もいいよな。わかる、わかるぜ。でもよ、歩くたびに弾むように揺れる胸、誘うような尻を想像してみろよ」

「むむむ、否定は出来ませんな。しかし——」

こいつら……戦いながら会話してるぞ。

聞くに堪えない内容だが、今は時間を稼ぎたいから邪魔せずに放置だ。

言動に反してかなりの強敵であるのは確か。ミツルギがいたら押しつけるところだが、あいつ帰っちまったんだよな。肝心な時に役に立たないヤツだ！

あとは倒す方法で思いつくのは一つ。

「めぐみん、爆裂の準備を頼む」

「撃っていいんですか！」

屋外だが街の広場で爆裂魔法を放てば問題になる。だけど、その対策は考え済みだ。

「ああ、かまわない。周辺の被害も全部引っくるめてダニエルに押しつける！」

今のところダクネスが守りを一手に引き受けてくれているおかげで、仲間達が攻撃に専念出来てダメージが蓄積されてはいるが、止(とど)めを刺すには至らない。

押され気味の俺達は屋外ステージから徐々に後退しながらも、なんとかしのいでる。

「ぐっ、なかなかやりますね……。しかし、この程度で倒れる私ではありませんよ!!」

「どうしようカズマさん、こいつかなり強いんですけど……」

アクアがうろたえている。

相手がアンデッド系ならアクアの魔法がよく効くのだけど、トロール相手だとサポートに回るしかない。

「さすがは魔王軍の幹部候補にもなった男ね。見た目は全然可愛くないけど……」

「あと鬼畜さも足りないな……魔王軍と言うのならば、私の甲冑(かっちゅう)を剝(は)ぎ取るような辱めをしてみせろ！」

「見た目も鬼畜さも関係ない！　すぐにそんな軽口をきけなくしてやりますよ……」

エーリカとダクネスの場違いな指摘に対し、ダニエルが怒鳴り返す。

……そろそろ、いけるタイミングか。時間稼ぎに付き合ってくれて助かったよ！

「軽口がきけなくなるのは、そっちの方だ!!」

「……ん？　何ですか、この魔力の高まりは？」

「黒より黒く闇より暗き漆黒に、我が深紅の混淆を望みたもう――」

「なんと、これは……！」

詠唱をするめぐみんの杖の先端に膨大な魔力が集まっていく。

それを目の当たりにしたダニエルが驚愕に顔をゆがめた。

観客を避難させつつ、苦戦していると見せかけて街の外へとおびき出す。作戦通りだ！

ここなら爆裂魔法の被害を気にする必要も無い。

「よーし！　ぶっ放せ、めぐみん!!」

「いきますよ……穿て!!　『エクスプロージョン』ッッッッ!!」

膨大な魔力が放たれ、ダニエルに直撃する。

「グオオオオオ……!!」

唸り声が聞こえたが、それも一瞬。ダニエルを中心に火柱が噴き上がり轟音と熱風が押し寄せ黒煙が立ち上る――

「はぁ、最高です……ナイス爆裂」

「けほっ、けほっ……よくやったぞ、めぐみん。後でおこしてやるから少し寝てろ。みんな、怪我はないか？」

アクアとダクネスは慣れたものだから心配はしていないが、問題は爆裂魔法を初体験のアクセルハーツだ。

「はい、なんとか……」

「トロールに何度もケダモノみたく襲いかかられるなんて。ああっ、やっぱり可愛すぎることは罪なのね……」

「ありがとう、カズマ。これもみんな、きみのおかげだ」

巻き上がった土煙で汚れた服を払いながら、三人は笑顔を見せる。

「ダニエルを倒せたのは、リア達の協力あってこそだろ？」

「それだけじゃない。予選を通過出来たこと、踊り子として成長出来たこと、仲間と絆が深まったこと……。カズマと出会ってから、様々なことがあったが、感謝してるよ」

下心ありありな関係だけど、そんな真面目な顔で感謝されると照れるな。

「プロデューサーだからな、俺は。礼なんていいから、コンテストの本選で優勝してくれ……それが最高の恩返しだ。期待してるぞ、アクセルハーツ！」

「「「はい、プロデューサー！」」」

三人が真剣な眼差しと引き締まった表情で応える。

「ククククッ……今のは、なかなかに重い一撃でしたね」

これで万事解決だ、と終わりたかったが、土煙が晴れた先に見たくないものが見えてしまった。

爆裂魔法の爆心地の中心で、むくりと起き上がるダニエル。

身につけていた装備品は吹き飛び、全身ボロボロで半裸状態だけど倒せてはいない。

「あいつ、爆裂魔法をまともに食らったのにまだ生きて……!!」

「みんな、下がれ！　獣は手負いの方が手強くなるからな……相手にとって不足なし！」

飛び出したダクネスがダニエルとにらみ合う。

浮かれ気分が一気に冷めた。一日一回の爆裂魔法を使い切ったというのに、倒せなかったのは痛すぎる。

こちらの決め手は失われた。相手もダメージは残っているが、俺達の攻撃でダニエルの防御力を上回れるのか？

「『まさか人間ごときを相手にこの技を使うことになるとはな！』とか思わせぶりなことを言いながら奥の手を出してこい！　そして私の鎧を砕いて、公衆の面前で辱めてみせろ！」

心が折れていないのは立派だけど、最低の挑発だぞダクネス。

「この土壇場で気炎を吐くとは、さすがはクルセイダー……ですが、疲れた仲間を庇うため自身に集中させる策が見え見えですよ？」

「……!!」

黙って視線を逸らすダクネス。

勝手に深読みしてくれて助かったよ。あれはただの性癖だ。

でも、そのおかげで少し離れた場所にいるダクネスに注目してくれた。

「その強固な信念、感嘆に値します。進言通り奥の手を——と言いたいところですが。私の目的はあなた達を倒すことではありませんからね」

——と上手くはいかないのか。ダクネスを無視してリアに向き直るダニエル。

「くっ……来るな!」

「当初の目的通り、可愛い踊り子ちゃん達をいただきましょう! そして城で私だけのショーを披露してもらいますよ?」

大股でアクセルハーツに近づいていくダニエル。

そんな相手に自信満々で立ち向かうのは——アクア。

「みんな、下がってなさい。こいつに食らわせてやるわ。女神の怒りと悲しみを乗せた必殺の拳、ゴッドブ——」

「『バインド』ッッ!!」

手から飛び出した縄がアクセルハーツに絡みつく。

こいつ、トロールのくせに『バインド』が使えるのか⁉

「な、なんだこれ……縄っ⁉」

「こうやって雁字搦めになると、リア達と最初に行ったクエストを思い出すわね」

「和んでる場合かー⁉」

リアの近くにいたアクアも縄に巻き付かれた。

その代わりに、シエロとエーリカは縄から逃れられたようだ。

「おやおや？　踊り子を狙ったのに……変な人まで釣れましたね。まあ、一番の推しであるリアがいるのでよしとしますか。行きましょう、ワイバーン‼」

「ちょっ、ちょっと！　私は関係ないじゃない！　放しなさいよ！」

「きゃあああっ‼」

リアを恭しく丁寧に担ぎ、アクアは手荷物を運ぶように持ち上げられる。

二人とも逃れようと暴れているが、縄に巻かれた状態に加え相手とは力の差がある。抵抗むなしく運ばれていく。

「リア⁉」

「リアちゃん……‼」

連れ去られるリアを見て、シエロとエーリカが悲鳴を上げた。

「くそっ……ダニエル!! リアを放せ!!」

「ちょっと！　私もいるんですけどー！」

余計な声が聞こえたが、今はそれどころじゃない。

「ひとまず今日はリアだけ。シエロとエーリカはまた後日……」

「待ちやがれ！　アクアはともかく、リアは返せ!!」

「私は!? 大切な仲間じゃないの!?」

本音を叫ぶとアクアの非難が降ってきた。

「リアには、コンテストの本選で優勝してもらわなきゃならないんだぞ!! お前はいてもいなくてもいいだろ!!」

「ちょっ、カズマさん！　何言ってんの!?」

「……別れは済みましたか？　それでは皆様、ごきげんよう」

ワイバーンが羽ばたき、リアとついでに連れ去られたアクアが小さくなっていく。

「シエロッ！　エーリカッ！」

「「リアー!!」」

二人が駆け出すが上空に手が届くわけがなく、距離が広がっていく。

「カージューマーさあああん!!」

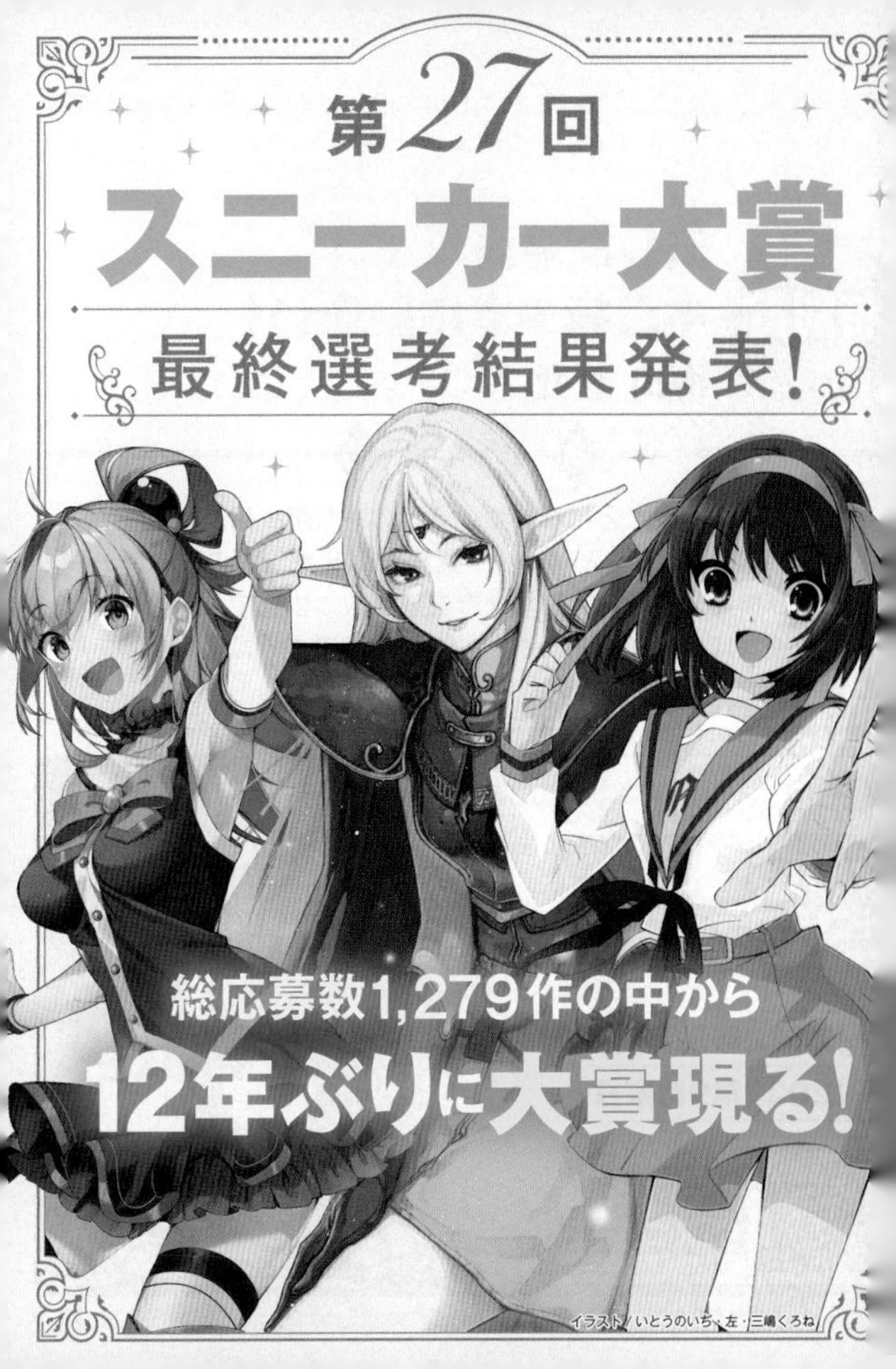

特別賞

殺し屋兼高校生、中二病少女に勘違い！

海山 蒼介

日本の高校に通うことになった、稀代の殺し屋・黒木猫丸。「こんな所で邂逅するとはな——黒猫」なぜか猫丸の殺し屋の異名を呼び掛けてきたのは異様な存在感を放つ少女で……。そう、彼女は中二病だった！　勘違いが加速する、殺し屋 × 中二病ラブコメ！

腕ヲ失クシタ璃々栖(リリス)
～明治悪魔祓ヒ師異譚～

SUB

悪魔祓い師(エクソシスト)の少年・阿ノ玖多羅皆無(あのくたらかいな)は、任務中に心臓を貫かれる致命傷を負う。それを助けたリリスという美しい少女。彼女はなんと「七つの大罪」に連なる悪魔だった——。
悪魔祓い師(エクソシスト)と悪魔。対極の二人の数奇な運命が、今動き始める！

選評｜春日部タケル

文章力、時代考証、台詞回し等、様々な要素が極めて高水準であり新人賞離れした作品だな、という印象を受けました。

世界観や地の文は重厚なのにもかかわらず、主人公とヒロインの関係性には少年漫画的な熱い要素も感じられ、ラノベとしてその辺りのバランスも素晴らしいです。

ラストバトルは流れによってもっとカタルシスを増せると思いますので、最後にガツンとインパクトを残す事ができれば、更に最高の作品になるのではないかと。

総じて完成度の高い、良質な物語でした。

ヒロイン璃々栖は相当攻めた外見設定ですので、カバーが今から楽しみです。

異世界に招かれた華憐な女子高生――達の正体はマッドサイエンティスト、機械生命体、暗殺者、生体兵器、そして発火能力者というイロモノ集団で!? しかし、細かい事を気にしない彼女達は元気に楽しく魔王討伐を目指し歩んでいく。規格外の才能を持つ JK による痛快異世界コメディ!

司

るすべての賞選
両論激しかった
なポテンシャル
分をどう判断す
かわされました。
なく発揮できれ
るという伸びし
投稿小説が強い
こそ出す価値が
幻想を売るもの
の幻想を売った
しいといえます。

スニーカー文庫編集部

本作は「異世界転生」という王道を下地にしつつ、狂気的ともいえる二面性を持った女子高生達がコミカル且つ痛快に暴れまわるファンタジー作品です。

スニーカー文庫編集部としてはおよそ 12 年ぶりに〝大賞〟受賞作を世に出すということは大変喜ばしくもあり、一方では重い決断でもありました。

しかし本作はキャラクターの魅力と存在感が抜きんでており、この魅力をより広く伝える為には強い覚悟と共に世に刊行すべきと判断しました。

これぞ新時代の異世界コメディ、〝大賞〟受賞に相応しいパワーを持った快作です。

第27回スニーカー大賞
受賞作品はこちら

異端少女らは異世界にて

すめらぎ ひよこ

腕ヲ失クシタ璃々栖（リリス）
～明治悪魔祓ヒ師異譚～

SUB

僕らは『読み』を間違える

水鏡月 聖

メンヘラ少女の通い妻契約

花宮 拓夜

殺し屋兼高校生、中二病少女に勘違い!

海山 蒼介

異端少女ら
異世界にて

すめらぎ ひよこ

春日部タケル

五人の少女達のぶっとんだ個性が際立っており、会話も軽妙、ストーリーも明確にして痛快で、終始気持ちよく読む事ができました。このお話が素晴らしいのは、現時点でも十分に楽しめる内容なのにもかかわらず、面白さがこれで打ち止めではなく、こうすればもっとよくなるんじゃないか、という案がポンポン浮かんでくる事です。
将来の大いなる可能性を感じさせてくれた点が、大賞受賞の決め手となりました。
とにかく読んでいて楽しい、という感情を抱かせてくれる、ザ・エンターテイメント、とでも呼ぶべき小説でした。

長

自分が参加した
考の中で、もっ
作品でした。と
と、書ききれてい
るかで、緊迫し
ポテンシャルを
ばレーベルの主
ろがある作品は
時代にあって、
あるものです。
です。応募作と
のだから、大賞
異端の作品でし

個性あふれる計 4 作の受賞作品！

銀賞 僕らは『読み』を間違える

水鏡月 聖

僕らは日々、「わからないこと」の答えを探している。明日のテストの解答、クラス内の立ち位置、好きなあの子が好きな人。かく言う僕・竹久優真も、とある難題に直面していた。消しゴムに書かれていた『あなたのことが好きです』について――恋も推理も、すれ違うから面白い。青春 × 本格ミステリー！

選評｜スニーカー文庫編集部

学作品を斬新な角度から解釈した「読書感想文」をヒントに、恋愛友情といった人間関係を取り巻く事件に解決の糸口を見いだす"青 × ミステリー"作品です。

好きの皆さんが楽しめるのはもちろん、登場人物の魅力をキャッチー描けている点、本格ミステリーを纏いつつもキャラクター小説としてしみやすいバランス感覚が光りました。

ステリーであり、ラブコメであり、友情を巡る青春でもあり。ライトベル読者のニーズが驚くようなスピードで変遷する昨今、新たな地への挑戦も込めて、大いに期待しています！

銀賞 メンヘラ少女の通い妻契約

花宮 拓夜

「もうメンヘラはこりごりだ」そう思っていたはずなのに。
同じ大学に通うパパ活女子・琴坂静音が、なぜか僕と「通い妻」契約をしようと提案してきた !? つい、OK してしまったけど、僕の大学生活はどうなっちゃうんだ……。これは奇妙な同棲生活から始まるハートフルな青春ラブコメディ！

選評｜長谷敏司

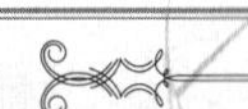

題材の難しさに対して、その要素をキャラとして消費するのではなく誠実に向き合った作品。前半と後半で、物語のトーンの変化とともに人物配置もスライドするのが見事でした。あまりにも微妙なバランスを要求する題材を、踏み外さずに渡りきっていました。最後の一文まで気を抜かずに着地でき、結論部の余韻に納得感を加えられていたら、個人的にはもう一段高い評価でもよかったと思っています。

※選評はザスニ WEB に掲載の第27回スニーカー最終選考結果ページより一部抜粋しております。

スニーカー文庫3月の新刊
2021
3
March
スニーカーNAVI
今度のカズマはアイドルプロデューサー!?
「このファン」が書籍化!
国内200万DL
大人気
アプリゲーム
CHECK!!
新作
この素晴らしい世界に祝福を! ファンタスティックデイズ
昼熊
原作/暁 なつめ　協力/Sumzap　イラスト/三嶋くろね
KADOKAWA NEW BOOKS INFORMATION
スニーカーNAVI(2022年3月1日発行) 発行:株式会社KADOKAWA
〒102-8177東京都千代田区富士見2-13-3
電話:0570-002-301(ナビダイヤル)
イラスト/三嶋くろね(「この素晴らしい世界に祝福を! ファンタスティックデイズ」より)
Art Direction/AFTERGLOW
話題作
『見知らぬ女子校生』
2巻登場!

2022年4月1日発売の新刊

うまくいかないわけがない。
通じ合ってる2人の新婚生活――
新作
男子だと思っていた幼馴染との新婚生活がうまくいきすぎる件について
はむばね　イラスト／Parum

新作 魔導書学園の禁書少女
少年、禁忌を共に紡ごうか
綾里けいし　イラスト／みきさい

クラスで2番目に可愛い女の子と友だちになった2
たかた　イラスト／長部トム

転校先の清楚可憐な美少女が、昔男子と思って一緒に遊んだ幼馴染だった件4
雲雀湯　イラスト／シソ

時々ボソッとロシア語でデレる隣のアーリャさん4
燦々SUN　イラスト／ももこ

スーパーカブ8
トネ・コーケン　イラスト／博

最強出涸らし皇子の暗躍帝位争い9
無能を演じるSSランク皇子は皇位継承戦を影から支配する
タンバ　イラスト／夕薙

真の仲間じゃないと勇者のパーティーを追い出されたので、辺境でスローライフすることにしました10
ざっぽん　イラスト／やすも

電子限定
エクスタス・オンライン
08.5 Short Stories
久慈マサムネ　イラスト／平つくね

KADOKAWA　発行：株式会社KADOKAWA
https://www.kadokawa.co.jp/

※ラインナップなどは予告なく変更になる場合がありま

#Cosplayer
君はどっちの姿の私が好き？
#Classroon
新作
SNSで超人気のコスプレイヤー、
教室で見せる内気な素顔もかわいい
雨宮むぎ　イラスト／kr木
夏コミに来た俺は、コス
レ会場でとびきり笑顔の
の子に目を奪われた。聞け
SNSで超人気のコスプレ
ヤーらしい。そんな彼女の
とし物を届けた先にいた
は、極度の人見知りのク
メイト・桜宮瑞穂で!?
最悪最凶異形の力で薙ぎ祓え!!
呪術×ダークヒーローファンタジー！
作
弱呪術師、鬼神の力に覚醒する
イラスト／クロがねや
災禍「瘴霊」を祓うエキスパートを育てる黒東学園に通う邦洋は、霊力を有しながらも呪術の才能が皆無だった。しかし"鬼族"の少女・煉と式神契約をしたことで、本来人の身には余る神級の術式【鬼呪】を体得し!?
チート能力に目覚めて
人生逆転!?
下克上
に目覚めたボッチが政府に
されたらリア充になりました
スト／PAN:D
財政破綻で国家消滅の危機に瀕した日本は超能力を用いた再建を計画。無能者の錬徒には関係ない話のはずだったが、招集によって「テレポーテーション」の能力が発覚!?ボッチだった学校生活はこの日を境に一転する!

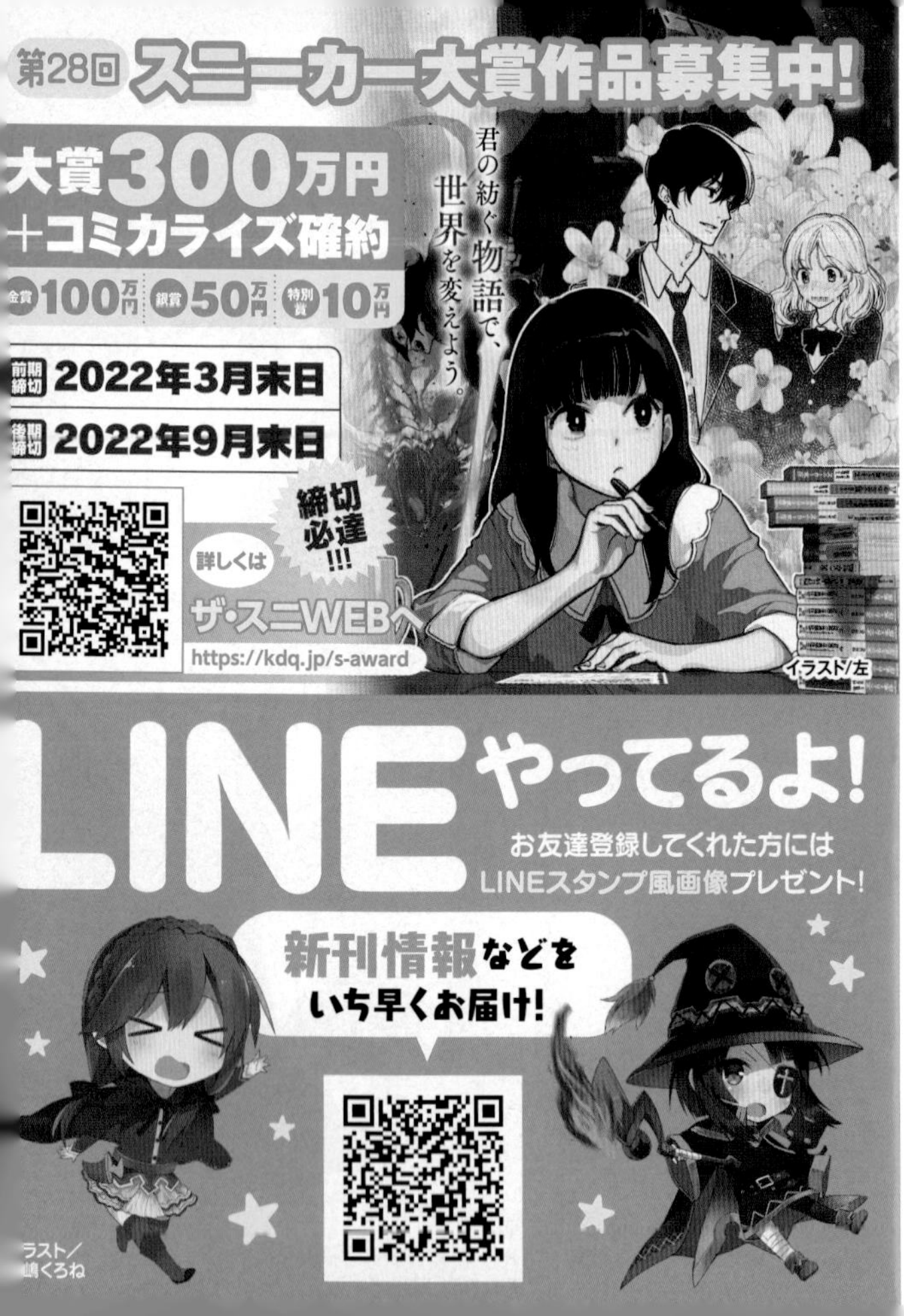

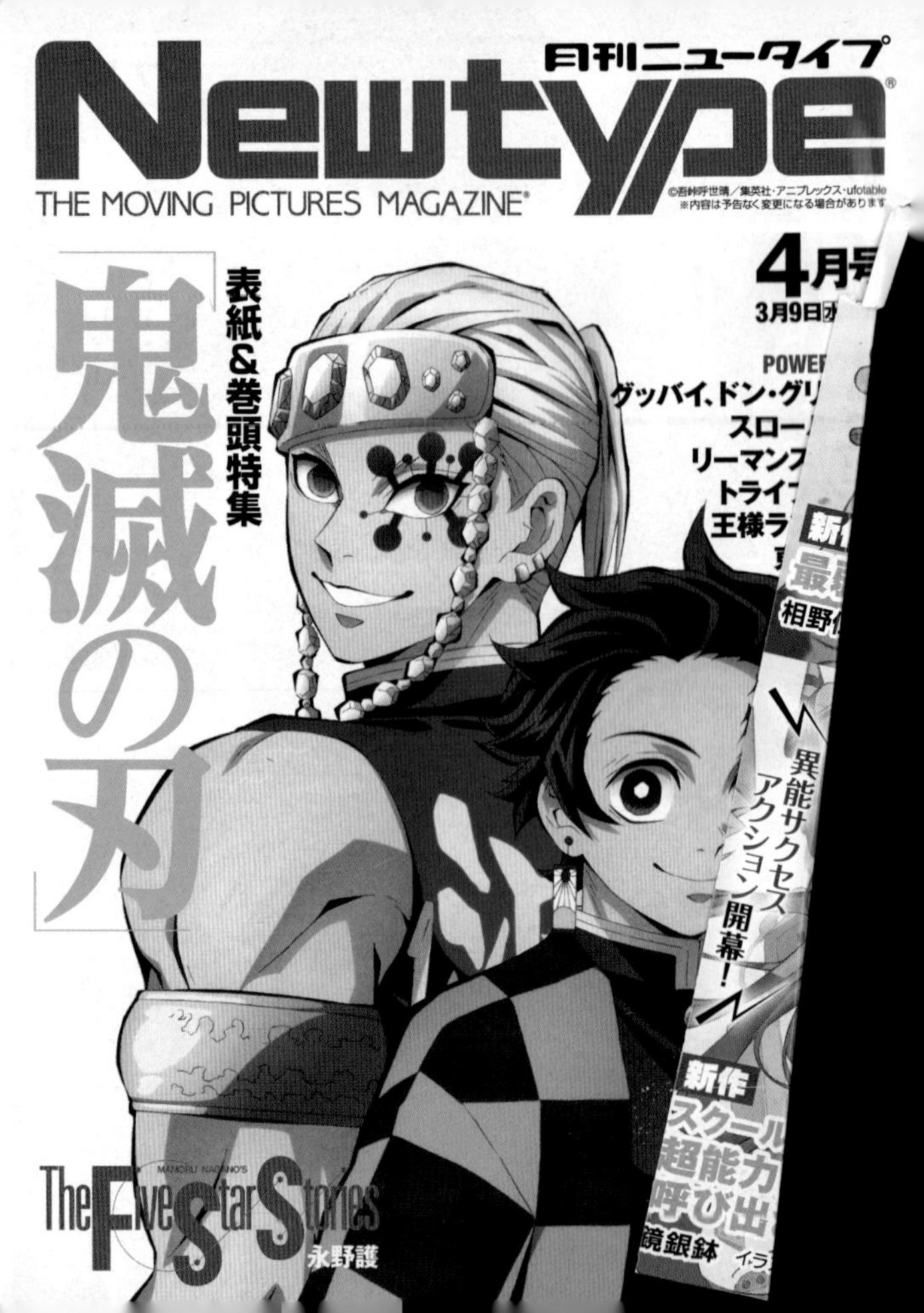

心配する皆の気持ちをあざ笑うかのように、ワイバーンはリアとアクアを連れて雲の彼方(かなた)へと消えた――

◇第四章

1

踊り子コンテストのアクセル最終予選の最中。

アクアとリアがダニエルに捕らえられ、三日が経過していた――

「ああー……生き返るなあー」

露天風呂から見上げる空には雲一つ無い青空。

疲れた心と体が癒やされていくのを感じる。

「あのー、カズマー？　本当に温泉なんて入っていていいのでしょうかー？」

男女を隔てる垣根の向こうから、めぐみんの声がする。

「仕方ないだろー？　捕まったのは気の毒だけど、居場所も分からないんだからさ」

「こうしている間にもアクアとリアは、あのトロール達に身ぐるみを剝(は)がされ……くうっ‼」

「ダクネス、温泉で興奮するとのぼせますよ？」

「ぜ、贅肉だらけの巨体のトロールが二人がかりで⁉　何てうらやま……もとい酷い仕打ちだ‼　私も、ぜひ私もっ……うーんブクブクブク……」

「あああああ！　カズマ！　ダクネスがのぼせてしまいました！」

ドタバタと女湯が騒がしい。

リアの代わりにダクネスが連れ去られていたら、むしろご褒美だったのにな。

2

「ううっ、まだ頭がぼーっとする……」

「だから言ったじゃないですか、のぼせますよって」

温泉の休憩室で伸びているダクネスをめぐみんが扇いでいる。

「なんか、思っていたより余裕があるように見えるんだけど」

不意に聞こえてきた声に慌てて振り返ると、そこには頰に小さな刀傷がある銀髪の美少女——クリスがいた。

「誰かと思えば、クリスか」

「誰か、なんて寂しいな。あの件についての情報持ってきてあげたのに」

そう言ってクリスは腕を組み、自信ありげに微笑む。

「情報ってことは——」

「うん。カズマ君から受けていた、リアとアクアの捜索願いの件だよ。二人の居場所を突き止めたから」

「マジか！　詳しく教えてくれ！」

こんなに早く居場所がつかめるとは思ってもみなかった。さすがクリス。盗賊としての腕もさることながら、情報収集の能力も大したもんだ。

「教えるのはいいけど、約束していたあたしへのお礼は？」

「ありがとうございます」

「そうじゃないでしょ！」

手の指で輪っかを作り、俺にぐいぐいと迫ってくる。

報酬が欲しいという事か。クリスは金に汚いわけではないが、約束事には妙に厳しかったりするんだよな。

くっ、また借金が増えることになるが背に腹は代えられない。

アクアはともかく、リアを助け出さないと。リアを奪還してコンテストで一発逆転！

これが借金返済への最短ルートのはず……そうだ！

「なあ、よかったら一口乗らないか？　有能なクリスにもついてきてもらえるとありがたいんだが？」

「そんな褒め言葉で騙されないよ。まずは払うものを払ってからの話だよね？」

ぐいぐいと顔を近づけてくる。

話を変えて誤魔化そうと思ったが、そう簡単にはいかないか。

「なーんてね。いいよ、手伝うよ。連れ去られた城には、すっごいお宝が眠っているって噂があるし。盗賊としては見過ごせないよね。それに、連れ去られた先ぱ……二人も心配だし。あと、ダニエルってトロールには……気になる事があってね」

「気になる事って何が？」

「それは秘密だよ」

人差し指を立ててウィンクをするクリス。

それ以上追求しても、何も話してくれないので話を切り上げる。

「さあ、それじゃ出発だ！」

温泉でリフレッシュした体で意気揚々と旅立とうとした、その時。休憩室の扉が勢いよく開け放たれた。

「カズマさん！　はぁ、はぁ……よかった、間に合いましたー」

息を乱して駆け込んできたのは、シエロとエーリカ。

「どうしたんだよ、お前達。アクセルで待ってろって言っただろ？」

捜索は俺達に任せておけって言い含めておいたはずなんだが。

「でも、リアを助けに行くんでしょう？　じっとしてられないわ、アタシ達も連れて行きなさい！」

「けどなあ。敵の目的はお前ら踊り子だからさ、一緒に連れてくのは、鴨がネギ背負って行くようなもんだし……」

気持ちはわかるが、それをすると相手の思う壺になりそうなんだよな。

「危険は重々承知。でも黙ってられないの。だって、リアはアタシ達の大切な仲間だから……ね、シエロ？」

「も、もう、守られてるだけじゃイヤなんです！　それに、これはボク達アクセルハーツの問題ですから!!　お願いです、一緒に連れて行ってください！」

シエロが俺に詰め寄り、手を握ろうとしたので寸前で躱す。

男嫌いで触れられないのを忘れるぐらい、感情が高ぶっているのか。

「意志は固そうですね……」

「いや、固いのは意志ではなく。仲間同士の絆だろう。エーリカ達は、それほどリアを大切に思っているんだ」

この様子だと説得するのに、かなり苦労しそうだな。今は時間が惜しい……。

「あーもう、わかった！　一緒に来い！」

3

「なあクリス、目的地にはまだ着かないのかー？」

山道を歩き続けてどれぐらい経ったのか。正直、もうくたくただ。

見渡せど、山と岩ばかり。草木すら生えていない険しい道を、ひたすらに進んでいた。

「事前調査だと近くのはずだよ。城がそろそろ見えてくるんじゃないかな」

先頭に立つクリスが目を細めて、遠くを見つめている。

「我が仲間をさらうとは何たる愚行！　いいでしょう、城が見えた瞬間に、我が爆裂魔法で終わらせて――」

「やめろ！　アクアとリアを巻き込んじゃったらどうする気だよ!?」

これだけ歩いたのに、なんで無駄に元気なんだよ。

「アクア達が辱めを受ける前に……!!」

リアの安否は気になるが、アクアに関してはその心配をしていない。

あいつはなんだかんだで、無事な気がするんだよな。

「さらうなら一番可愛いアタシをさらうべきだったってこと、今日こそあのトロール達に後悔させてやるわよ！」

「うう、お城の中が男の人でいっぱいだったらどうしよう……」

俺も人のことは言えないが、緊張感ないよな。……こんなパーティーで大丈夫か？　不安だ。

「あっ、ダニエルの城が見えてきましたよ！」

めぐみんがマントをなびかせ大げさに指す先には、人里離れた山奥には不釣り合いな、立派な城が建っていた。

「うわー、想像以上に立派なお城だね」

城の外観を見て、感嘆の声を漏らすクリス。

確かに、こんな城なら宝がわんさかあってもおかしくない。しかし、改めてここにいるメンツを見回してみると。

……仲間を助けに強敵へと挑む、そんな崇高な目的がある一行には見えない。このメンバーでまともなのは俺だけか。

「ぐっ、不安だらけだがここまで来たらやるしかない！　みんな、気を引き締めて行くぞ！」

4

「さて、潜入したはいいが、問題はあいつらがこの大きな城のどこに囚われているのかってことだな」

忍び込んだ城の廊下は異様に道幅が広く、先が見えないぐらい長い。

天井も高いのはトロールの体で動きやすいように配慮して建てられたのか、ただの金持ちの道楽なのか。

「きっと地下ですよ！　ほら、溶岩の流れる地の底に堅牢な牢獄があったりしてですね！」

「リアはそこで身ぐるみを剝がされてるんだろうな。魔王軍の幹部候補となった者なら、それくらいのたしなみはあるはずだ」

こんな状況でもまったくぶれないな、お前らは。

「二人とも、不吉なことを言うのはやめてください！　ぶっ飛ばしますよ!?」

拳を握りしめたシエロに詰め寄られて、二人が謝っている。

「とにかく、一刻も早くリアを救い出しましょう！　踊り子コンテスト本選の日も、近づいてきてるしね」

エーリカの言葉に大きくうなずく。

本選までに助け出せなかったら元も子もない。

「二人を助けた後でいいから、ちょっと時間もらっていいかな？　財宝があるか調べたいんだ」

「ああ、いいよ。でも、リアの奪還が最優先だからな。そこんとこよろしく頼むぞ」

「わかってるって。あたしも助けたいと思ってるから」

本音を言えば、俺だって財宝あさりはやりたいからな。少しでも借金の足しになる物を見つけたい。

「よし！　そうと決まれば、とっととリアを奪還して帰るぞ！」

「あの、アクアのことも、たまには思い出してあげてください……」

バカだなー、めぐみん。ちゃんと覚えてたよ。……本当だよ？

5

「なあ、ずっと言おう言おうと思っていたんだけどさ……ここどこ？」

あれから、城内を探索しているのだが誰の姿も見つけられず、ただ彷徨(さまよ)っているだけにしか思えない。

先頭に立って引っ張っていたクリスが、ばつの悪そうな表情になる。

「えっとーどこかなー？」

「おい」

「仕方ないでしょ。この城は見つけられたけど、城内の構造まではわかんないよ。なんでも人に頼っていたら成長出来ないよ？」

なんで迷っているクリスの方が偉そうなんだ。

「じゃあ、言えよ！　堂々と進んでるから道を知っていると思うだろ⁉」

ここで責任の追及をしている場合でもないか。こうなったら、手分けして城内を探すのもありかもしれない。

「――あっ、カズマさん、カズマさん」

「シエロ、考え中なんだ。話なら後にしてくれ」

「でも、その、アレを見てください」

しつこく食い下がるので考えるのをやめて顔を上げると、廊下の真ん中に巨大な物体が鎮座していた。

「あれって……」

どこからどう見てもチャーリーと名乗っていた、迷惑ファンのトロールだよな。今は人間状態なので中年太りした男にしか見えないけど。

警戒して武器を構えるが、相手に動きはない。

「……カズマ、あれって寝てません？」

「おいおい、めぐみん。そんな事があるわけないだろ」

バカなことだと笑いつつ、念のために『聞き耳』をしてみると……いびきが聞こえる。

「本当に寝てやがる。……よっし、今のうちに倒そう！」

「寝込みを襲うというのか⁉　それはあまりにも卑怯ではないか？」

「デカい声出すなよ、ダクネス。いいか、戦いは過程じゃなく結果なんだよ。それに相手は誘拐犯だ。正義は我にある！　正義の名の下であれば何をしても許されるんだ」

堅物のダクネスを諭すが納得いかないのか、しかめ面だ。

残りの仲間も責めるような目を向けていたが、俺がそーっと近づいていくと、しぶしぶだが後ろから付いてきた。

「シエロちゃーん……うひひひ……」

もう数歩で攻撃が届く範囲に入るところで、チャーリーが気持ちの悪い言葉を呟く。

「しまった、見つかった⁉」

めぐみんが杖を構える。――が、起きてくる気配はない。

どうやら寝言だったようだが、めぐみんの声に反応してまぶたをこすっている。

その時、一番近づいていたシエロがチャーリーと目が合ってしまう。

「…………………………夢？」

目の前の光景が信じられないのか、大きく首を傾げて瞬(まばた)きを繰り返している。

「そっか、シエロちゃんのことを考えすぎて夢の中にシエロちゃんが出てきたのか……でもいつの間に寝たんだ？　まあいいか。夢なら、何をしてもいいんだよね？　うおおお、シエロちゃーーん!!」

「いやあああああああああああああああ!!」

突然飛びかかるチャーリー。

「うぼあッ!!」

触れられると同時に繰り出された右拳が、顔面にクリーンヒットした。

体重差を物ともせず、廊下の壁まで吹き飛ばされるチャーリー。

「くうー……このパンチ、夢じゃない!?　本物のシエロちゃんだどうしてここに？」

その一撃で完全に覚醒したチャーリーが辺りを見回し、状況確認している。

「おいシエロ、先制攻撃かましたのはいいけど、ここからどうすんだよ？」

一斉攻撃で仕留める作戦が台無しだ。

「はっ、貴様達！　一体どうやってここに!?」

あれで倒せたら御の字だったけど、そうはいかないよな。

「やはり、気づかれずにリア達を奪還するのは無理だったか。前衛は引き受けた」

「見つかっては仕方ありません……我が名はめぐみん！　爆裂魔法の使い手にして、リアとアクアを奪還せし者！」

ダクネスとめぐみんはアクシデント慣れしているおかげか、素早く立ち直り戦闘態勢だ。

「人質と隠しているお宝のありかを教えてもらえるかな？？」

「ふん、これでもダニエル様の側近。そう簡単に情報を漏らすわけがないだろう？」

クリスの質問に対し、鼻で笑うチャーリー。

そうだよな。「教えてくれ」「はいどうぞ」なんていくわけがない。

「リ、リアちゃんはどこ⁉」

「この奥の部屋だよ、シエロちゃん」

「……簡単に吐いたな」

ダメだこいつ。

「…………。おのれ、巧妙な手口で口を割らせるとはなんと非道な！」

「ちょっと人の言葉を理解出来るからって、調子に乗らないでよね。豚さん？」

リアを誘拐された鬱憤がたまっているのか、いつにも増してエーリカの言葉がきつい。

「ぶ、豚呼ばわりとは失敬な！　私は断じてオークではない、誇り高きトロールだ!!　まあいい……古代兵器復活の儀式の前に、エーリカとシエロを手に入れておけばダニエル様もお喜びになるはず！」

古代兵器の復活？　儀式の前？

なんだ、その不吉な単語のオンパレードは。

「嫌な予感が当たっちゃったかな……」

クリスが何か独り言を口にしてるが、よく聞こえない。

「おい、チャーリー。それはどういう事だ――」

問いただす俺の声が届いていないのか、チャーリーはその場で踏ん張るようなポーズを取り唸り声を上げる。

「お……おお……おおおおお……!!　うがあああああああああああああ!!」

人間の姿からトロールへと変貌していく。

「性懲りもなく正体を現しやがったな！」

「うっわー……。久し振りに見たけど、うっわー……」

エーリカが心底気持ち悪そうな顔をして、後ずさっている。

「な、何なんだそのリアクションは……？」

「ちょ、来ないで！　気持ち悪い気持ち悪い！　全然可愛くないわよ!!」

「えー……気持ち、悪い？」

その反応にショックを受けたのか、チャーリーが膝を抱えて丸まっている。

「エ、エーリカちゃん。なんだか落ち込んでるみたいだよ？　謝った方がいいんじゃ……」

「だったらシエロはどうなの？　変身したモンスター形態、気持ち悪いと思わない？」

話を振られたシエロがじっとチャーリーを観察する。

見られている事を理解したチャーリーが期待を込めた眼差しを返す。

「き、気持ち悪いとまでは思わないけど……。まあ確かに、可愛くないかな」

「か、可愛くない……シエロちゃんに、可愛くないって……。どど、どうして……っ」

推しのシエロから止めを刺されたチャーリーが廊下に突っ伏し、大量の涙を流している。

「泣き始めましたね。さすがにちょっと、かわいそうな気も……」

「何言ってんだ、めぐみん。みんな、今がチャンスだぞ!!」

刀を抜き、俺に続けと振り上げる。だが、仲間はその場から動かない。

「……なんだよ、言いたいことがあるなら言えよ」

誰も返事をしないが、その代わりに顔はドン引きしていた。

「あのな、相手は悪党だって言ったろ。こいつを倒して居場所を聞かないとリアを助けられないんだぞ？」

「そ、そうよね」

「助けるため、だよね」

エーリカとシエロは仲間のためと割り切ったようで、俺の後に続く。

「カズマ、アクアの事にも触れてあげてください……」

「まさか、本当にアクアの事を忘れてないよな……？」

あっ、そういやアクアもいたな。リアを助けるので頭が一杯だった。

「も、もちろん忘れてないぞ。よっし、みんな仲間のために心を鬼にしろ！」

「うおおおおおおおおおんっ!!」

ショックのあまり泣き続けているチャーリーの後ろに全員で忍び寄り——

6

チャーリーをボコボコにして縛り上げた後、二人の居場所を吐かせてから、その部屋の前までやってきた。

「チャーリーが言ってたのは、この部屋ですね。鍵がかかっているようですが……」

「下がっていろ。この程度の鍵ならば……ふんっ!!」

両開き扉の前で聞き耳を立てているめぐみんと場所を入れ替え、ダクネスが右の取っ手を掴む。

「ボクも手伝います」

反対側の左の取っ手をシエロが掴む。二人は同時にうなずくと、息を合わせて扉を引っ張った。

ミシッときしむ音がして鍵が強引に外され、扉が開け放たれる。

「さすがのマッチョコンビね」

「「マッチョじゃない!!」」

エーリカに怒鳴る二人が邪魔なので、脇をすり抜け室内へ滑り込む。

「アクア、リア、無事か……うっ!?」

漂ってきた異臭に思わず鼻を摘まむ。

家具は荒らされ、いたるところにゴミが散らかっていた。足の踏み場がないどころではなく、完全に埋もれている。

「うわっ、ひどい……」

クリスが最悪の展開を想像したのか、口元を押さえ顔をゆがめている。

「まさか、アクア達が襲われて激しく抵抗を……!?　『古代兵器復活の儀式』とか言っていたが、別の場所に連れて行かれたんだろうか……」

「くそ、ダニエルめ！」

一足遅かったのか！

「いや、待ってみんな。アタシ的にはちょっと別の見解かなーって……ねぇ、シエロ？」

「う、うん……。これって、ボク達にとっては見慣れた風景っていうか……」

ばつの悪そうな表情のエーリカとシエロ。

「ん……うん？　すんすん、すんすん……綺麗な空気の気配がするわ！」

「ア、アクア！　お前、無事だったのか!?」

無造作に重ねられたゴミの下から、アクアがひょっこり顔を出す。

「カズマ……うわーん、カズマさーん！　助けに来るのが遅いわよー……本当に大変だったんだからー!!」

号泣して抱きつくアクア。

「うおっ、ゴミ臭ぇ！　近寄るな！　俺の服で顔を拭くな！」

「よしよし、辛かったですねアクア。もう大丈夫ですから。髪にゴミがついていますよ？」

「トロール達にさぞかし酷いことをされたんだろう。……その酷いことについてぜひ詳しく聞かせてくれ!!」

お前ら……同情しながら距離を取るな。

「ちっがうわよ！　あのトロール達は無害よ。だってただの踊り子好きだもの」

「じゃあ、何が大変だったの？」

鼻を摘まんだまま、部屋に入ろうともしないクリスが疑問を口にする。

「う、うーん……」

「リア!! リアも無事だったのね!!」

さっきアクアが顔を出した近くから現れるリア。

こっちは平然とした顔……というか、寝ぼけてないか？

「エーリカ、シエロ……助けに来てくれたのか？　ふわぁ……」

「このゴミの山の中で寝てるなんて。リアちゃんらしいな……」

二人はこの現状には慣れているらしく、平然と会話を交わしている。

「感動の再会だというのに。随分あっさりしているんですね」

「当然よ。この部屋に入った時からリアは無事だってわかってたわ」

「部屋をこれだけ汚せるのは、リアちゃんが無事な証拠だからね」

……あー、この荒れ具合に見覚えがあると思ったら、そういう事か。

でも、部屋の汚さで無事を確認されるなんて。人としてどうなんだ？

「ダメだよリアちゃん。共同生活なんだから。こんなに散らかしたらアクアさんに迷惑でしょ？」

「そうか？　アクアにも気をつけるように言われて、なるべく意識はしていたんだが……」

意識してこれかよ。

「まあ確かに、普段と比べたらよっぽど綺麗だけど。六本足の超可愛くない虫なんかもまだ出てないし」

「もうちょっと助けに来るのが遅かったら、腐臭を放ち始めた後に謎のキノコが生えてきて――」

「やめてよ！　そんな汚い話、これ以上聞きたくない!!」

クリスはこういう話が苦手らしく、震える自分の体を抱きしめている。

「ほんとに……ほんとに辛かったのよ？　綺麗にしても綺麗にしてもゴミは増え続けるし……」

こんな汚部屋で一緒に暮らしていたのを想像すると、さすがに同情してしまう。

「わかったわかった！　アクアもみんなも落ち着け。ここにいたらすぐに敵に見つかるぞ」

「リアちゃんの、冒険用の服と武器は持ってきておいたからね」

シエロが手渡した服に着替えるエーリカ。

アクアもゴミまみれの服を脱ぎ捨て、ダクネスが持ってきていた服と取り替える。

俺は着替えの邪魔だからと廊下で待たされていたが、しばらくして二人が出てきた。

二人ともいつもの格好でゴミの臭いは……ほとんどしない。

「よし、準備は万端だ！」

「こんな汚いところから、さっさとおさらばしちゃいましょう！　早くお風呂入りたい！」

早く帰りたいアクアに急かされて、全員が部屋を出た。

「よし、じゃあ脱出す――」

「ちょっと待って！　目的の二人は無事奪還出来たのだから、次はあたしとの約束を守ってもらう番だよね？　お宝を探して、その後に脱出。それでいい？」

確かにクリスとそういう約束をしていたけど、本音を言えば敵の親玉に見つかる前にとっとと帰りたい。

「あたしの宝感知スキルによると……こっちだよ！　ついて来て!!」

俺達の返事を待たずに、クリスが走って行く。

「……こうなったら仕方ない。脱出前にもう一仕事だ！」

少しでも借金返済の足しになるなら、やって損はないか。

クリスの『宝感知』のスキルにより、たどり着いた場所は……煌びやかに飾り立てられた王の間だった。

王座とその周辺には金銀財宝が無造作に置かれていて、それを目の当たりにしたクリスは、真剣な顔で調度品等を物色している。

「この燭台は純金で……それなりの額にはなるけど。この魔道具は、冒険者に高値で売れそうだけど……あれじゃない」

「お、いらないなら、俺がもらうよ。こっちのも高値で……って違う！　そろそろ出ないとやばいぞ!!」

宝に目がくらんで思わず一緒に物色してしまったが、こんなところダニエルに見つかったらタダじゃすまない。

「わかってる……。目当ての物はなかったけど、もう大丈夫だよ」

こんなに宝があったのに表情が冴えないクリス。

……まあ、いいか。俺は目についた金目の物を袋に詰め込めたからな。これで、かなり借金が減らせそうだ。

「どうでもいいけど、早く脱出しましょうよ。城に閉じ込められてお風呂入れてないんだから！」

「だ、だったらアルカンレティアの温泉に寄って帰るのはどうだ？　ああっ、あの街は本当にいい街だ……」

「あの街に好んで行きたがるエリス教徒はあなたくらいですよ。私はあんな街、二度と御免です!!」

めぐみんに同意する。

俺が何度もうなずいていると、城内の各所に設置されたスピーカーから、ノイズ交じりの音声が流れた。

『リアさん、リアさん。女神のように可愛いリアさん、聞こえますか？』

「この声は！　ダニエルね!?」

『大事なぬいぐるみは預かりました。返して欲しければ、王座の裏の隠し扉から祭壇の間へ来てください――』

「……ぬいぐるみ？　ぬいぐるみって、リアが寝る時に抱きかかえていたキツネの？」

一緒に暮らしているエーリカには心当たりがあるらしい。

ぬいぐるみか。確かリアの部屋にいっぱいあったよな。

「あっ、思い出したぞ！　アクセルのリアの部屋を掃除した時にあったアレか」

「アレ、とか物扱いするな！　コン次郎という立派な名前があるんだ!!」

ぬいぐるみへの思い入れが強いのか、本気で怒っているように見えた。

「ぬいぐるみを頂かったところで、助けに行くと――」

「行くに決まってる！　コン次郎は、孤独だった私を慰めてくれた、初めての友達なんだ
……本当にコン次郎がダニエルの手に？」

ダクネスの言葉をさえぎり、助けに行く宣言をするリア。……本気か？　……いや、正気か？

『リアちゃん、助けてぇ……ボク、コン次郎だよぉ』

気持ち悪い作った声で話すな！

「間違いない！　コン次郎の声だ！　心優しいコン次郎を人質に取るなんて、卑劣な真似を！　絶対に救い出さなくては……待っててくれ、コン次郎!!」

このやり取り、聞いているだけで頭が痛くなりそうだ。

ぬいぐるみを家族のように扱う人はたまにいるが、これはいくらなんでも度が過ぎる。

敵の言葉を真に受けて、リアは必死になって王座の裏を探っていた。

すぐに隠し扉を見つけると、俺が止める間もなく問答無用で開け放ち、扉の向こうに消えていく。

「あ、ちょっとリア！」

「リアちゃん、一人で行ったら危ないよ!!」

エーリカとシエロまで……行っちまいやがった。

どいつもこいつも、人の話を聞きやしない！

「どうしますか？　きっと、ダニエルのところへ行くつもりですよ？」

「放っておけないな……すぐに追いかけよう」

「はぁ……せっかく敵の親玉と鉢合わさずに済むと思ってたのに。しょうがねえなあ!!」

7

「コン次郎ー！　いたら返事をしてくれー!!」

リアの悲痛な叫びが通路の先から響いてくる。

「……ようこそ、リア。自分から来て下さって感謝しますよ」

「ダニエル……脅してここへ呼んだくせに、よくもそんな……！　コン次郎を返せ!!」

「コン次郎？　ああ、あのぬいぐるみの名前ですか。それならここにはありませんよ？」

「何だと？　けど、さっきは確かにコン次郎の声が――」

「あれは私です。嘘（うそ）をついてすみません」

頭の悪い会話が嫌でも耳に入る。

誰か突っ込めよ！　なんで普通に会話が成立してんだよ！

「ファンだからこそ知ってる情報で、リアを騙したのね」

「ひ、ひどいです……っ！」

突っ込むところはそこじゃないだろ！

エーリカとシエロの声も聞こえてきたが、そのぬるい対応にイラッとしてしまう。

「おお、シエロにエーリカも!!　エビで鯛を釣るように、キツネで踊り子が釣れるとは!!」

その例え、何もうまくないからな！

「カズマ、なんでそんな苛ついた顔で走ってるの？　おなか痛いの？」

併走しているアクアが見当違いな心配をしている。

「リアだけで儀式を行うのもやむなしと思っていましたが、どうやら都合よくアクセルハーツ全員揃ったようですね。『女神の如き舞を披露せし者、青き衣をまといて封印の地に降り立つべし』……伝承の実現は目前ということ！」

「何やら、格好良いセリフが聞こえてきましたよ！」

めぐみんは敵の怪しい発言に喜んでるし……。

「今のは……やっぱり……」

併走しているクリスは、めぐみんとは対照的に険しい顔をしている。

その表情が気にはなったが走る速度は落とさずに、通路を抜けて祭壇の間へと突入した。

「リア、シエロ、エーリカ……大丈夫か⁉」

さっきまでの、もやもやするやり取りを吹き飛ばすように、とりあえず大声を出す。

「来ましたか……ですがもう遅い。古代兵器復活のため、力ずくでも踊ってもらいますよ！」

何か目的があっての発言のようだが、説明不足で何が何やら。

ただ、リア達に踊らすのが目的らしい、というのは伝わった。

「おおお……おおおおお……！」

「トロールロードに変身する気よ！　みんな気を付けて‼」

「最悪ね……こいつもチャーリーと同じように、可愛くない化け物の姿になるんだわ！」

チャーリーの変身後の姿を思い出したエーリカが、侮蔑を込めた視線をダニエルにぶつける。

「……ん、ちょっと待ってください。可愛くないですと？　その言葉はいただけませんね、トロールは意外と可愛いです‼」

「あーりーえーなーいー！　可愛くない、全っ然可愛くなーい！　アタシ、可愛い代表として断固認めないから‼」

「ぐ、ぐぬぬ……！」

こいつ、意外とショック受けてないか？　もしかして、可愛いと褒められたいタイプの男か……そうだ！

「変身したら可愛くなくなって、嫌いになっちゃうよなあ？　リアもシエロもそう思うだろう？」

「え、ええっと……」

急に話を振られておどおどしているシエロに目配せをする。

「人間姿は結構カッコイイし。人間姿のままの方がいいよなあ？」

「ま、まあ……トロールよりは人間の方がいいな」

シエロはピンときてなかったが、リアは意図を読み取ってくれた。

「リアまで……コホン、わかりました。本日は人間姿のままお相手してあげましょう!!」

かかった！　トロールにならなければ、まだ勝機がある!!

「アクセルハーツの皆さん。古代兵器復活のため、この私のために踊ってもらいますよ!?」

「そうはさせるか！　行くぞ!!」

8

変身していない状態ならなんとかなると読んで挑んだのだが、いざ戦ってみると決め手に欠けた状態で粘られている。

攻撃はダクネスが防ぎ、アクアの支援を受けたアクセルハーツが攻撃の要になっているが、もう一押し足りない。

クリスと俺は戦闘面での活躍は期待出来ないからな。

「はぁ、はぁ……変身してない姿だってのに意外とやるな。さすがは魔王軍幹部の候補にまでなった男だ」

「お褒めに与り、ありがとうございます……。こちらも、あなた方を見くびっていたようです。まさかここまで追い詰められるとは……。かくなる上は、可愛くないと罵られようと変身を――」

まずい！　こいつが変身する前にとどめを刺さないと！　一か八か賭けてみる価値はあるか!?

「……この城はとびっきり頑丈に造られてるみたいだからな。ぶちかましてもなんとかなる！　お見舞いしてやれめぐみん!!」

「任されましたよ、カズマ！　『エクスプロージョン』ッッッ!!」

爆風が襲い掛かり、その中で魔力を使い果たしためぐみんが静かに倒れ込む。

煙はしだいに晴れ、視界が開けてきたが——

「……どうだ、やったか⁉」

「だから、そういう事を言うなって！」

ダクネスは、すぐにフラグを立てようとする。

「ぐふっ！　はぁはぁ……」

爆心地にはボロボロながらも、なんとか耐えたダニエルの姿が。

本来の姿ではないから、どうにかなると踏んだんだが、前回と同じく、もう一押しが足りない。

おいおい、勘弁してくれ。こっちはもう打つ手がないぞ。

「まだ動けるの？　しぶとい奴(やつ)ね‼」

「いえ、もう限界です……変身する力すら残っていません。ですから最後に……。リ、リア……ファンとして、最後のお願いです……。どうか麗しい舞を、私のために見せてはもらえないでしょうか？」

「断る」

ダニエルの懇願をきっぱりと断るリア。

「なっ、なぜです？　ファンの最後の願いだというのにご無体な‼」

「アンタ、自分が何をしたのかちゃんと理解してる？」

「私は踊り子だから、ファンは何よりも大事に思っている。でもお前は、卑劣にもコン次郎を利用して私を陥れようとした！」

「そ、そんな人は本当のファンとは言えません！　ただの変態犯罪者です!!」

当たり前の反応だよな。こんな迷惑なファンの頼み事を聞いてやるいわれはない。

「あ……ああ……ああ、あ……あぁっ、何てことだ！　リアに嫌われてしまった……。こ、こ、この世の終わりだあぁああああああああ!!」

床に拳を叩き付け慟哭するダニエル。

いい大人が人目をはばからずに号泣……。

誘拐なんて事をやらかしておいて、何を言っているのか。

「プークスクス！　ウケるんですけど！　あーんな部屋まで用意したのにフラれてショック受けちゃって。超ウケるんですけどー!!」

ダニエルを中心にぐるぐる周りながら、煽るアクア。

弱っている相手にはとことん強気だよな、お前は。

「まっ、これにて一件落着ってとこね。私疲れちゃったわ。帰ったらシュワシュワで乾杯しましょう！　というわけで、勝利の花鳥風月〜」

お得意の宴会芸を披露して、ご満悦だな。

「ま、待って、先輩……じゃない！　踊るのを止めないと！」

何故かアクアの『花鳥風月』を見て、急に焦り出すクリス。

踊っている場合じゃないと言いたいのか。盗賊のくせに真面目だな。でも、確かに今は先にやる事がある。

「おいおい、そんなことしてないで、さっさとトドメを……ん？」

突如辺りが暗くなったので、近くの窓から空を見上げる。

城の上には暗雲が立ち込め、祭壇の窓から生暖かい風が吹きこんできた。

「あれっ？　急に天気が……きゃあ!?　雷まで鳴り始めましたよ。一体どうなってるのでしょうか？」

めぐみんが急な稲光に驚き、珍しく取り乱している。

「遅かった……っ！」

隣に並ぶクリスが唇をかみしめ、忌々しげに天を睨んでいる。

「おいこらアクア！　お前がナメたことするから、お天道様が怒ってるだろ！」

「お天道様が何だって言うのよ、こっちは女神様よ！」

「……女神？　いや、ちょっと待てよ……？」

アクアの発言に何か引っ掛かるものが……。

「どうしたカズマ。急に深刻な顔をして……」

ダクネスが何やら言っているが、こっちは思い出すのに必死で相手をしていられない。

戦闘前に、すごく重要な話を聞いたような？

「なあ……古代兵器復活とか、伝承がどうとかって、ダニエル言ってなかったか？」

「確か……『女神の如き舞を披露せし者、青き衣をまといて封印の地に降り立つべし』だったかと。格好良い文言だったので覚えてました！」

さすが紅魔族……じゃねえ。

「……おい、嘘だろ。まじか……？」

「もう、カズマってば何を一人で固まっちゃってるの？　もしかして、トイレに行きたいの？」

こいつ、何も知らないで暢気な顔しやがって。

「違うわ！　アクア……。念のために聞くが、お前って一応『女神』だよな？」

「一応って何よ！　骨の髄まで女神様ですから!!」

「そしてお前がいつも着てるその服の色って……」

「今頃この衣装の素晴らしさに気付いたの？　水を司る女神にふさわしいこの青い衣装

こそが、私のトレードマークなんだから！」

いつも着ている服を見せびらかすように、その場でくるりと一回転する。

「それで、お前は今、何をしたんだ……？」

「これぞ至高の宴会芸！　誰もが認める麗しき舞い『花鳥風月』よ!!」

「こんの……駄女神があああ！　条件満たしまくりじゃねえか!!」

女神の如き舞を披露せし者、青き衣をまといて封印の地に降り立つべし……って。アクアのことだったのか？

誰だ、こんなバカげた発動条件を決めたヤツは!?

というか、アクアが踊ったら発動なんて都合のいい話があっていいのか？

「きゃあ!?」

視界が閃光(せんこう)に染まり、リアの悲鳴が聞こえた。

轟音(ごうおん)と共に城の屋根が吹き飛び、大穴が開く。再び閃光が走ると落雷が祭壇に落ちた。

そして、眩(まばゆ)い稲光の中から何かが姿を現す――

「これは……巨大な雷が集まって、結晶化している……!?」

「おお、夢にまで見た古代兵器が……ついに!!　ふはは……ふはははは!!」

ダニエルが立ち上がると、雷が落ちた場所へと歩み寄る。

そして、放電を続けている巨大な金槌のような物体を掴んだ。

「手に入れましたよ、この金色の金槌こそ最強の古代兵器。その名も……『トールハンマー』!!」

「どうして古代兵器が……？　リアちゃんは、儀式をしたりしてないのに」

シエロの疑問はもっともだ。ここで、その理由を把握しているのは俺ともう一人だけ。

発動条件がおかしいとか、言っている場合じゃない。現にこうやってトールハンマーが目の前にあるのだから。

「あ、あの、えっと、カズマさん……？　これって私のせいじゃないわよね……？」

「どう考えてもお前のせいだよ!!　お前の不用意な行動が、偶然儀式と重なったんじゃねえか!!」

「うわあああああん!!」

泣きたいのはこっちだ！

「手にするだけで力が湧いてくるようです……。今なら世界も手に入れられそうだ、あーっはっはっはっは!!」

アクアのやらかしで古代兵器は目覚めてしまった。

畜生……大変なことになっちまった!!　これから一体どうすれば……!!

「どうしてくれんだよ、この状況!!」

「怒らないでよ！　私だって悪気があったわけじゃないんだから!!」

「よくわからないけど、アクアをあまり責めないでくれ。元は私がさらわれたせいだから……！」

リアがアクアをかばっているが、そもそも俺が怒鳴っているわけを理解していない。

『女神の如き舞を披露せし者、青き衣をまといて封印の地に降り立つべし』

これだけじゃ、アクアを女神だと知らない人にしてみれば意味不明だろうな。

とはいえ、そうとは知らずに条件を満たしていたアクアの行動により、古代兵器は復活してしまった――

「ふははははは……とうとう手に入れました！　最強の古代兵器『トールハンマー』を!!」

その名はゲームや映画なんかで聞いたことあるぞ。確か、雷を使う神様の武器とかそんな感じだったような……。

「す、凄まじい魔力を感じます……」

「どうしようどうしよう!?　大ピンチじゃない!!」

慌てふためくシエロとエーリカを落ち着かせる……余裕が俺にあるわけがない！

マジでどうすんだよ、この事態をどうやって収めたらいいんだ！

「みんな、私の後ろに！　攻撃は私が引き受ける!!」

「ダメだよ！　いくらダクネスでも、あれは受けきれないって!!」

みんなの盾になるように前に出るが、クリスの言う通り、頑丈さだけが売りのダクネスでも、アレを食らって無事に済むとは思えない。

こちらの最大火力であるめぐみんは、爆裂魔法を放ってから床に突っ伏したままだ。

「おい、めぐみん。倒れてる場合じゃないぞ。早くここから逃げ――」

「待ってください。見てくださいよ、あの鎚が放つ黄金の輝きを！　はぁ……あれは紅魔族の琴線を刺激します！　私をトールハンマーのもっと近くに！　近くで見たいです!!」

「私ももっと近くで食らってみたいぞ！」

うちの連中は、こんな状況下でもブレないなっ！

「あのー……自分で言うのも何ですが。危険な兵器なので、もっと恐れおののいた方がいいのでは？」

予想外の反応にダニエルさんが戸惑っているじゃねえか。

「ちょっと間近で見せてください、さあカズマ――」

「近づけるわけないだろ、あんな見るからに危険なもの!!　早く逃げるんだよ!!」

「やれやれ、まったく。あなた方とやり合うとこちらのペースが狂いますよ」

　呆れてため息を吐くダニエル。

　強者の余裕を見せつけてくれる。

「ダニエル様！　ついに……ついにやったのですね!!」

「ええ。後はここにいる冒険者達にとどめを刺せば終わりです……。もちろん、踊り子は丁重に扱いますけどね！」

　ここでチャーリーまで合流しやがった。あんだけボコボコにしたのに、トロールの回復力には驚愕する。

「くっ、一度は追い詰めたと思ったのに……！」

「残念ながらもはやあなた方に勝機はない！　その事を判らせてあげますよ、今すぐにね!!」

　トールハンマーを天高く掲げ、ダニエルがニヤリと笑う。

「唸れ……稲妻よ!!」

「「「きゃあああああ!!」」」

　ダニエルがトールハンマーを床に叩きつけると、そこから稲妻が走り、城を揺るがすような衝撃が皆を襲った——

「おいおい、なんて力だよ……。めぐみんの爆裂魔法すら耐えた城が揺れたぞ？」

「カズマさん、あれはかなりヤバい気がするわ。あの稲妻にかすりでもしたら、黒焦げで灰になっちゃうわよ⁉」

そんなもん見ればわかる。アクアに言われるまでもない。……土下座して命乞いをしたら、俺だけでも見逃してもらえないだろうか？

ダニエルのお気に入りであるリアに媚びてもらったら、命だけは助かるのでは？

「カズマさん……なんかゲスい事を考えてない？」

アクア……日頃は鈍くて空気が読めないくせに、こういうのだけはいち早く感づくよな。

「結界の魔法でも、あんなの耐え切れそうにないですし……」

「こんなのが世に出たら大変なことに……！」

シエロとリアはちゃんとシリアスを継続してくれている。うちの仲間とはえらい違いだ。

「くっくっく……今さら恐れおののいても遅い！　ダニエル様、もう一発お見舞いしてやりましょう！」

色めき立つチャーリーの言葉に、俺達は思わず目を閉じて身構えたが……いつまで経っても相手の追撃はない。

そっと目を開けて様子をうかがう。

「ごふぅっ……！」

攻撃どころか、ダニエルが血を吐いて膝をついている。

「って、ええええええ!? どうしてダニエル様が感電死しかかってるんですかー!?」

「わ、わかりません……しかし、これは大きな誤算です。一体どうして、このような——」

高威力の一撃を一番近くで受けたダニエル。……って、自爆するのかよあの武器! 欠陥品じゃねえか!?

「……あっ、ダニエル様! ここに兵器と一緒に復活した取扱説明書があります!」

……説明書? 古代兵器に説明書が付いてるなんて、一体どういうことだ?

「ええっと……? 『今回はトールハンマーのご利用まことにありがとうございます。トールハンマーは古代の言葉で『打ち砕くもの』を意味します。凄まじいエネルギーの塊であるため、生身で使うのは危険です』とあります」

「そういうのは、使う前に言って欲しかったですね。まあ、読まなかった私の落ち度でしょうか……」

そうかなあ。この件に関してはダニエルは悪くないと思うぞ。

「ええと『安全にご使用頂くには、手袋型の魔道具「ヤールングレイプル」を併用してください』とのことです」

「あっ、そうか。これはセットになっている物……。まだ、間に合う!」

クリスがさっきからブツブツと呟いては、真剣になったり絶望したり喜んだりと喜怒哀楽が忙しい。

「なお、ヤールングレイプルははるか北にある『ウォルム山』に安置されています」

「チャ、チャーリー！　それは言わない方が……」

「……あっ⁉」

慌てて口をふさいでいるが、時すでに遅しってやつだ。

「お前ら、聞いたかー？」

「ええ、この可愛(かわい)いお耳でばっちりとね！」

「あんなものを自由にさせては民衆に危険が及ぶ。私達が先に見つけて、トールハンマーを無力化せねば……！　自在に操る雷を食らってみたかったがっ！」

対応策があることに安心したが、問題はこの場をどうするかだ。

「おやおや、逃げられるとお思いですか？　疲弊した今のあなた達ならチャーリーでも十分倒せます！」

見逃してくれたりは、しないよな。

ダニエルは自爆で重傷。こっちも限界に近いが、あいつだけならなんとかなったのに。

「任せてください。口を滑らせた失態を取り消すためにも……。ウオオオオ‼」

天に向かって咆哮(ほうこう)すると、チャーリーは巨大な姿に変貌する。

「くそっ、めぐみんの爆裂魔法はもう使えない。こうなったら……！　アクア、頼んだ！　あのベルディアに使ったやつを頼む!!」

「よく分からないけど、本当にいいのね？　やっちゃうわよ？　『セイクリッド・クリエイト・ウォーター』ッッ!!」

天から降り注いだ膨大な量の水。その流れに乗り、城の外へと押し出されていく。

俺達は体重が軽いから流されるが、トロール達は重さで流されるまではいかない。

「お、おのれぇぇぇ!!」

9

城の入り口まで流された俺達は、慌ててその場から立ち去る。

「ふう、なんとか逃げきれたか」

危うく溺れかけたが、結果オーライだ。

「あの兵器をダニエルが自在に操れるようになったら大変だぞ。世界の危機と言っても大げさではないかもしれない」

今は欠陥武器だが、その威力は本物だからな。

「世界の危機ですか……。これって、誰の責任になるのでしょう？」

めぐみんの疑問の声に、思わずびくりと体が揺れる。

「お、俺達はたまたま居合わせただけで！　無関係だ!!」

「そうよ！　私はむしろ被害者よ!!」

俺とアクアが自分達も関係ないと主張するが、周りの視線が冷たい。

「皆言い分はあるだろうが、ひとまず兵器が復活してしまったことをギルドに報告すべきだろう」

ダクネスの正論に誰も反論出来ないでいる。

神妙な顔の一同を引き連れ、俺はめぐみんを背負ったまま、人々に危機を知らせるためアクセルへの帰路についた——

◇第五章

1

アクセルに到着すると冒険者をギルドに集め、ダニエルと『トールハンマー』の危険性について説明した――

「一振りで雷を呼ぶ古代兵器、ですか……」

ギルドの受付をしているルナの表情が、にわかには信じられない、と語っている。

「ああ。ダニエルがあの力を自由自在に使えるようになったら、ハッキリ言って相当やばい……」

俺が深刻な現状を語っているのに、周りの反応が鈍い。

「近くで見てたけど、威力はおそらく爆裂魔法以上じゃないかな」

「爆裂魔法以上⁉」

「そいつはやばそうだな……。もし連発出来るようになったらほぼ無敵じゃねえか」

リーンとダストが驚きのあまり椅子から立ち上がった。

「でも、そんなとんでもない兵器がどうして今になって復活を……？」

……俺の説明を話半分で聞いていたくせに、クリスの言葉はあっさり信じるのかよ。

「そ、それは……！」

リーンの素朴な疑問に声が詰まる。

復活の原因を素直に話したらどうなることか……。

「一言で言うと、これまで姿を見せなかった『麗しき女神』がついに降臨し――」

「あああああああ！　なんでもないなんでもない!!　ダニエルのやつがようやく儀式を成功させただけだ!!」

アクアの頭を抱え込み口を塞ぐ。

古代兵器の復活に俺達が関わってることがバレるのは避けたい……！

「カズマさん、ご報告ありがとうございます。ただならぬ事態のようですね……。アクセルの街だけで抱え込める問題ではありませんね。早速ですが王都にも連絡して対策を練ります」

ルナが慌ただしく書類をまとめ、他の職員に指示を出している。

「頼む。王都の軍勢が来てくれれば心強いからな！」

「だが、あまり楽観視は出来ないぞ？　仮に援軍が来てくれるとしても、時間はかかるはずだ。いざとなれば、私がすべての攻撃を引き受ける！」

いくらダクネスでも、あの攻撃を受けたらタダではすまない。

「ダニエルさんは、魔王軍にいた時から行動力は凄かったですから。すぐにでも攻めてくる可能性はありますね……」

「……魔王軍にいた？」

ウィズの発言を聞いたリーンの呟きに、ハッとする。

「ウィズ！　ダニエルが魔王軍にいた時の情報を、バニルから教えてもらったんだよな!?」

「えっ、あっ、はい、そうでした！」

魔王軍の詳しい事情を知っているウィズにも来てもらったが、不意に口を滑らすから油断は出来ない。

「心配はいりません。いざとなれば、この僕と魔剣グラムで何とかしてみせます。人々を、危険から守る。それが僕の役目ですから!!」

「カ、カッコイイ……助けてちょうだい！　そして私を養って!!」

「え、あの、ちょっと……」

ミツルギに修道服を着たプリースト——セシリーがまとわりついている。

青を基調とした修道服から分かるように、彼女は熱心なアクシズ教徒だ。冒険者でもないのにここにいるのは、いつものようにアクアと一緒にいた流れだろう。

こいつらは二人揃ってエリス教へ嫌がらせやいたずらをするから、エリス教のプリースト達から危険人物として警戒されているらしい。

普通ならミツルギが女性に迫られている状況を妬むところだけど、相手はあのアクシズ教徒のセシリー。これっぽっちも羨ましくない。

それよりも、こいつが居るならちょうどいいな。

「勇者様の言う通りだ！　人々を守るのが冒険者の役目！　それに世界の危機は、冒険者全員の問題だ!!」

「え、勇者様？　勇者様って言ったのか!?」

話の内容よりも、俺が勇者と呼んだことに感動している。

「……カズマの言う通り、世界の危機は冒険者全員の問題よね」

「世界の危機を救ったら、金も女も思い通りになりそうだな……。俺も冒険者として、手を貸すぜ!!」

リーンとダストがこのノリに乗ってきてくれた。

「ああ、みんなで頑張ろう！　世界のために！」

「自分が関わっていたことをうやむやにして、みんなで頑張ろうだなんて……さすがカズマ君だね？」

この場の空気に水を差すような発言をするクリス。

「ちょ‼　外野は黙っててくれませんかね⁉」

「はいはい。外野ではないんだけど……ちょっと、城にあったお宝を換金でもしてくるよ。……また、先輩が、はぁ――」

クリスは背を向けると手を振って、ぶつぶつと何かを呟きながら冒険者ギルドを出て行ってしまった。

「洪水の中でも、お宝を持ち帰るのを忘れないとは。盗賊の鑑だな」

俺もいくつか宝を懐に忍ばせていたが、あの大水で全部どこかにいってしまった。

「……あ、あの――」

「しかし、先ほどのカズマはカッコよかったですね」

「世界の危機は、冒険者全員の問題だ……か。カズマらしからぬ発言だが、どういう風の吹き回しだ？」

「どうせカズマさんのことだから、またよからぬことを考えてるに決まってるでしょ？」

「誰のせいだと思ってるんだよ、この駄女神は……」

他の連中はころっと騙（だま）され……理解を示してくれたというのに、俺の仲間達は疑ってかかっている。

「あ、あの!!」

「ん？ なんだ、リア」

「本当にみんなの問題なのかな？ 元はと言えば、私がさらわれたからこんなことに……」

責任を感じているようで、あれからずっと元気がない。

「リアが謝ることじゃないわよ。悪いのは腹いせに大暴れしようとしてるダニエルなんだから。誰も悪くないわ」

確かにリアは悪くない。だけどな——

アクア、お前は少しぐらい責任を感じてくれ。

「で、でも……このことが原因でコンテストが中止になったら。私のせいで、シエロやエーリカの夢が……」

「気にしすぎだよ、リアちゃん。もしコンテストが中止になっても、次の機会があるから」

「そうよ。本当にリアに責任があるんだとしても、リアの責任はアタシ達三人の……アクセルハーツの責任なんだから。リアだけが気に病む必要ないわ。わかったなら、早く元気出しなさい！」

「……うん、ありがとう」

麗しき友情だ。この三人は互いに支え合っている。俺達のパーティーとはまるで違う。

仲間に恵まれていて羨ま……ん、今、聞き逃せないことを言わなかったか？

「ちょっと待て。コンテストが中止……？」

「う、うん。緊急事態だからしょうがないよね」

まずい、それはまずいぞ。コンテストでリア達が優勝しないと借金が返せない……！

なんのために、あんなに苦労をして助けに行ったと思っているんだ！

「……ダニエルは、俺達が一刻も早くなんとかする。踊り子達の夢を奪うのはよくないからな！」

あとはミツルギやギルドに任せて傍観するつもりだったが、そんな悠長な事はしていられない。

「カズマさん……ボク達のために……？」

「カズマ達だけに任せるなんて。私も手伝いを――」

「いいから気にするな。俺のためを思うならコンテストで優勝してくれ!!」

そして、借金を返済してくれ!!

「ふふん、任せてちょうだい！」

「頼むぞ、アクセルハーツ！　こっちは俺達に任せろ、ちゃんとコンテストに備えておくんだぞ？」

2

本選に向けてのレッスンに戻るアクセルハーツを見送り、椅子に深々と腰を下ろす。

「威勢よく啖呵をきっていたが。どうにかする手立てはあるのか？」

「そうだな、ダニエルよりも先に『ヤールングレイプル』とかいう手袋を俺達が手に入ればいいんじゃないか？　そうすりゃ古代兵器は何とかなるだろ。当然お前達にも手伝ってもらうぞ？」

借金だって俺が必死になって返済しているが、全員の負債だからな。

「わかってるわよ。コンテストが中止になったらリア達も可哀相だしね」

「ですが、一体どこにあるのでしょうか。ウォルム山とか言ってましたが、そんな場所聞いたことも――」

「なあ、ウォルム山って、あのウォルム山か？」

めぐみんの話に割り込んできたのはダストだった。

「もしかして、知ってんのか⁉」

「北の大地にある火山だろ？　昔、そっちに遠征に行ったことがあってよ」

意外なところから助け船が。ダストでも役立つ時があるのか。

「そういえば、はるか北にあるって言ってたわ。でも、そんな遠くに行ったことあるんだ。

……ところで、誰だっけ？」

「ダストだよ！　お前さん達と一緒に冒険したこともあるだろ！　カズマ、そこに行ってみたいなら案内してやってもいいぞ。謝礼はもらうけどな」

「頼む、俺達をそこに案内してくれ‼　金も後で払うから！」

この一件が片付いたら懐にも余裕が出るはず。もし、失敗したとしても、ダストには今まで何度も奢っている。踏み倒したとしても心は痛まない。

「おう、いいぞ。ほとぼりが冷めるまで、アクシズの街からしばらく離れたかったしな」

「こいつ、また博打で借金をして逃げ回っているのよ」

「リーン！　余計なことを言うな！」

なるほど、珍しく親切で協力的だと思ったら、そういう思惑があったのか。

3

「うおおおおっ、寒いいい！　こんなんだったら、来るんじゃなかったぜ」

雪山を必死に登山中なのだが、先頭に立つダストの口からは、ひっきりなしに後悔の言葉があふれ出ている。

「前に来たことがあるんだろ？　なんで、初めてみたいな反応してんだよ」

「あん時はこんな地道な山登りなんてしな……昔のことすぎて覚えてねえ！」

ダストは酒ばっか飲んでるから、記憶が曖昧なんだろうな。可哀想に。

「カズマさん、ティンダー使ってよティンダー！　ちょっとでもあったまりたいの!!」

「断る。無駄なエネルギーを使いたくない」

「おい佐藤和真、女神様の要望だぞ？　けちくさいことを言ってないで応えて差し上げろ！」

「嫌だよ。というか、どうしてカザマツリがいるんだ？」

呼んでもないのに勝手に参加したくせに、偉そうに命令するな。

「ミツルギだ！　何回、このやりとりをすれば覚えてくれるんだ。……まあ、いい。それよりも、君が言ったんじゃないか。世界の危機は冒険者全員の問題だろう？　ならば魔剣の勇者であるこの僕の力が必要なはずだ」

「あ、ああ！　そういえばそうでしたね！　……ま、戦力は多い方がいいしな。ウォルム山は危険なモンスターもいるって話だし」

顔と態度は気に食わないが、実力は確かだ。危なくなったら、全部押しつけよう。

「見てください、大きな山のシルエットが見えてきましたよ。もしかしてあれがウォルム山ではないですか？」

めぐみんが杖を突き出した方向に巨大な雪山が見える。

今でも相当辛いのに、まだあれを登らないといけないのか……。

「あのどこかにヘールングレイプルが……。探し出すのは骨の折れる仕事になりそうだな」

「とりあえず山頂を目指してみましょうよ！　宝物は山頂に鎮座していると相場が決まってるんだから！」

ダクネスがタフなのは知っているが、アクアが妙に元気だ。

子供や犬が雪を見るとテンションが上がる、あれと同じか。

「ウォルム山には危険なモンスターがいるらしいが。どんなモンスターがいるんだ？」

「あー、確か野菜がヤバいらしい。こんな寒い地方でも育つ野菜だからな、かなり生命力が強く手強い相手らしいぞ。その代わり、とんでもなく旨いそうだ」

この世界の野菜は人を襲う。アクアやめぐみんが育てている家庭菜園の野菜相手に、酷い目に遭った過去もある。

「野菜に殺されるのは避けたいな……。みんな、気を引き締めていくぞ！」

「はぁ、はぁ……思ったより大分でかい山だな。なあ、そろそろ休まないか？」

「カズマに同意するぞー。冷え切った体を酒と人肌で温め合おうぜ！」

「まだ登り始めて一時間だぞ？　何回休憩すれば気が済むんだ。この調子では先が思いやられるな……」

体力お化けのダクネスと一緒にして欲しくない。

「おやっ？　あの上空に飛んでいるのは……」

めぐみんの声につられて天を仰ぐと、上空を通過するワイバーンの姿が。

「あっ、背中にあいつらが乗っているわ！　あのワイバーン……私とリアをさらった時のじゃない!!」

「くっ、小型竜に乗ってショートカットするとは卑怯な！　こうしてる場合じゃない、急いで追うぞ!!」

ミツルギが雪をかき分け進んでいくが、俺はその場で足を止めた。

「いや、それはしんどいからやめておこう」

「な、何を悠長なことを言ってる!?　世界の命運がかかってるんじゃないのか!?」

「おいめぐみん。あのワイバーンに向かって爆裂魔法を撃ってみてくれ。相手からは死角になっているから当たるだろ」

動いている的だがまっすぐ飛んでいるだけだ。これなら当てやすい。

「上空にいると下からの不意打ちに弱い……らしいからな。意外と当たるんじゃねえか」

ダストが空を眺めながら、適当な事を口にしている。

「……それは卑怯ではないか？」

ミツルギが何か言っているが、聞く耳は持たない。

「いきます……『エクスプロージョン』ッッ‼」

光の軌跡がワイバーンまで伸び、放たれた爆裂魔法が見事に命中した。

「おー、当たった当たった」

「やるじゃねえか、爆裂娘」

爆裂魔法でやられたダニエル達が、吹き飛ばされ遠くへと落ちていく——

「よーし、よくやったぞめぐみん」

「何のためらいもなく不意打ちを……」

「こういう時、躊躇しないのがカズマの凄いところだ」

おいおい、ダクネス。そんなに褒めるなよ。

「す、凄い？　ひどいの間違いじゃなくて……？」

「カズマカズマ、動けなくなったのでおんぶをお願いします」

今回は見事な働きだったからな、背負うぐらい喜んでやるさ。

「それなら僕が。さあ、安心して僕の背中に――」

わざわざ背を向けてしゃがみ込むミツルギ。

「あ、結構です。カズマ、早くしてください、地面が冷たいのです」

めぐみんが即答で断る。

イケメンが相手にされないのは見ていて心地良い。

「はいはい。よっと」

「僕より……佐藤和真を選んだ……っ！」

「ひゃはははは！　カズマに負けてやがんの。情けねえ」

ダストに馬鹿にされショックで固まるミツルギをよそに、ウォルム山の山頂を目指して再び登り始める――

モンスターは現れなかったが、次々と土の中から飛び出してくる野生の野菜に苦労しながら、山頂へと近づいていた。

「野菜に邪魔されるのが納得いかねえ！」

「野菜に殺されるなんて、ありえないんですけど!!」

「私が『デコイ』で引き寄せている間に攻撃を……!! いくぞ……『デコイ』!!」

ダクネスが両手を広げ、スキルを使った途端。その場にいた野菜達がダクネス目掛けて飛来する――

「あああああああああああああ!!」

「ダクネスが引き付けてる今のうちに攻撃よ!!」

「女性に囮をさせるなんて……っ! すぐに倒しますので!」

ミツルギ慌てる必要はないぞ。

「ああ、アクセルの街でキャベツに鎧を剝かれた、あの日の興奮が再び……!!」

ほらな。

4

「ふぅ……ようやく片付いたわね。大丈夫、ダクネス?」

「キャベツも悪くなかったが、更に硬い根菜はなかなかだった。よかった……もの凄くよかったぞ、ふふふっ」

野菜退治を終え、一息吐いている。

めぐみんとアクアが倒した野菜をたき火に放り込んで、豪快に焼き野菜を作っている。

これだけ強く新鮮な野菜だ、かなり美味しいらしい。

「まったく、暢気なもんだな。さっきまで野菜に殺されかけてたってのに……」

とはいえ、休憩と暖も取りたかったのでちょうどいいか。

焼きたての野菜を堪能しつつ、体を温めていると。

「いましたよダニエル様！　奴らです!!」

少し離れたところから俺達を指差す、ボロボロの二人組が。

「我が爆裂魔法でまとめて屠ったかと思っていましたが。なかなかしぶといですね」

「ええ。よもやワイバーンを撃ち落としてくれようとは……。おかげで歩く羽目になりましたよ」

爆裂魔法が直撃して、あの高さから墜とされたというのに頑丈だな。

「お前達がダニエルとチャーリーか……これ以上先へは行かせない。この魔剣の勇者、ミツルギが相手だ!!」

「がんばれ勇者様！　さすがです勇者様！　すごいです勇者様!!」

「佐藤和真……。君が僕を勇者呼びするのは落ち着かないのだが」

「カズマは自分が楽するためだったら、プライドをたやすく捨てますよね」

そんなの当たり前だろ、めぐみん。

「ほう……あなたがかの有名な魔剣グラムの使い手ですか」

「いかにもその通りだ。僕がいる以上、この先へ進むことは叶わないと思え！　エンシェントドラゴンすら屠ったこの僕の剣技を受けてみろ！　くらえ……はぁぁぁぁぁっ!!」

ミツルギは高く飛び上がり、ダニエル達にグラムを振り下ろす。

よーし、そのまま倒してくれ！　なんなら、相打ちでもいいぞ！

「ほうっ……いやはや、確かになかなかの太刀筋ですね」

グラムの一撃を躱し、感心するダニエルと驚愕するチャーリー。

「こんなのまともに食らったら……ん？」

「何だ……地面が揺れて……？」

大地に突き刺さったグラムを握りしめた状態で、ミツルギが足下を見つめている。

おっ、なんだ地震か？　結構揺れているみたいだけど。

「なあ、この辺は岩盤が崩れやすいから。あんまり派手な技は使わない方がいいんじゃねえか？」

忠告しながら距離を取るダスト。

「教えてくれて感謝するよ、ダストさん。でも……。もうちょっと早く言って欲しかったかなあああああ!!」

グラムを振り下ろした先の地面が崩れ、そのままミツルギはダニエル達と一緒にふもとへと転がっていく――

「のわあああああああ!?」

「こ、これは……一本取られましたね……」

「くっ！　みんな、僕は大丈夫だから。構わず先へ進んでくれ!!」

これはラッキーだ。ミツルギの犠牲によりダニエルとチャーリーが戦線を離脱した。

「わかったわ!!」

「気にせず先へ進みましょう」

アクアもめぐみんも言われたとおり、まったく気にしていない。

「自分で言っておいて何だが……少しは心配してくれぇぇぇぇ!!」

5

やがて日も落ち、今晩は山腹で野営することになった――

「新鮮な野菜のおかげで、魔力も大分戻ってきましたよ」

あの凶悪な野菜が異様に美味しいのが、なんか腹立つんだよな……。

みんなから少し離れた場所でテントを張っていると、すっと隣にアクアが立つ。

「ねえ、カズマ。前からずっと気になっていたんだけど」

アクアがもじもじしながら、話しかけてきた。

「なんだ、トイレか。寒いと近くなるよな。そこら辺の茂みでしてこいよ」

「違うわよ！　あの古代兵器の事なんだけど……」

「トールハンマーとヤールングレイプルだっけ。それがどうしたんだ？」

「えっとね、その二つになーんか、聞き覚えがあるなーって。それで登山中、ずーっと思い出そうと必死だったんだけど」

空を見上げながら変顔しているとは思っていたが、そんな事を考えていたのか。

「でね、思い出したのよ！　あれって、私が転生者に渡したチートアイテムよ！　かなり前に転生させた子だったから、すっかり忘れてたわ」

「へー、そうなんだ」

ちゃんと思い出した事を褒めて欲しいのか、目を輝かせてこっちを見ている。

俺は笑顔を返して、手招きをした。

迷うことなく近づいてきたアクアの頭に——拳骨を落とす。

「いったーい!!　何すんのよ！」

「バカかお前は！ なんでそんな大事なことを今の今まで忘れてたんだよ！ ふざけた発動条件だとは思っていたけど、それを聞いて納得だわ！ じゃあ、なんだ、あれか。お前が渡したチートアイテムを利用されたってわけだ！」

「で、でもでも、あれは渡した相手以外は使えないようになっているの！ 他の人が使うには、特殊な発動条件が必要になるようにしたんだから！」

胸を張って威張るアクアのおでこを人差し指で連打する。

「そ、れ、を、お、ま、え、が、発動させたんだろうがっ!!」

すべての原因はこいつじゃねえか！

魔王軍幹部候補が古代兵器を手に入れたのも、使えるようになったのも、間違いなくアクアのせい。

なんで、いっつも俺がこいつの尻拭いをしないといけないんだ！

頭を抱えて唸っていると、茂みから物音がする。

顔を上げてじっと茂みを見つめていると、そこから雪にまみれた黒髪がにゅっと現れた。

「……よかった、ようやく追いついた」

「「「リア!?」」」

想像もしなかった人物の登場に、驚いた俺達の声が重なる。

「どうしてここに……」

シエロとエーリカはいないのか。たった一人で俺達を追いかけてくるなんて。

「……あれから考えたんだ。やっぱりカズマ達だけに任せられない。古代兵器の復活は、元はといえば私のせいだから」

「気にすんなって言っただろ。そんなことよりコンテストの優勝目指して練習を――」

「優勝をするために来たんだ。私がさらわれなければこんなことにはならなかった……そう思ったらコンテストに集中出来ない」

責任感が強いとは思っていたが、ここまでだったとは。アクア達に爪の垢を煎じて飲ましてやりたいぐらいだ。

「だからカズマ。よかったら一緒に連れて行ってほしい。気がかりを残したままでは、コンテストに臨めそうもない……」

「……わかったよ。こんな所まで追ってきた奴を追い返せるわけないしな。協力して、必ずトールハンマーを無力化しよう。そして無事に、コンテストを開催してもらおうな！」

そう、莫大な借金を返済するためにも……！

新たにリアをパーティーに加えつつ、ウォルム山の夜は更けていった。

6

あれからは順調にウォルム山の頂へ近づいている。

「これだけ歩いたのに、山頂はまだか？　野菜もどんどん強くなってる気がするし……」

「ああもう足がパンパンよ。今、何合目くらいかしら？」

「そろそろ頂上のはず……あと少しだ、頑張ろう」

不平不満をこぼす俺とアクア。

対照的に黙々と歩を進めるリア。

「このまま一気に山頂にたどり着き、先にヤールングレイプルを見つけたいところだな」

ダクネスが足を速め、リアと並ぶ。

「そのことなんだが……この後ヤールングレイプルを手に入れたとして、どうするんだ？」

「壊してしまうのが一番いいんだが……トールハンマーの雷撃に耐える頑丈な手袋を、俺達に壊せるのかって問題があるな」

リアに言われるまで考えもしなかった、なんて言えない。

「はっはっは！　我が爆裂魔法で破壊してみせようではないか！」

「やめとく。なんか嫌な予感がする」

「なんですとー!?」

それに雪山の山頂で爆裂魔法なんて撃った日には、雪崩の可能性もある。

「ならば、ダニエル達の手が届かないところに保管するのが一番よいのではないだろうか。王都の城の宝物庫はどうだ？　王都ならばアクセルよりも警備が厳重だ」

アクアが渡した物ならアクアに封印してもらえば済みそうな話なんだが、今回の一件を顧みると……。うん、やめとこう。

「ま、それが現実的な解決策だな。王都への口利きは頼むぞ、ララティーナお嬢様？」

「ラ、ララティーナって呼ぶな!!」

そんな話をしながらも着実に目的地へ近づいていき、数時間後、ついに山頂に到達した

――

「ぜぇ、はぁ……ああもう疲れたな。酸素が薄い！」

「カズマさんたら、頑張って。元々引きニートだったから体力がないのはしょうがないけど……」

「ひ、引きニートじゃないから！　それに俺は上級職のお前らと違って、普通のステータスの冒険者なんだよ!!」

「古代兵器を御する魔道具というくらいですから、さぞかしカッコいいアイテムなんでし

ょう。胸が高鳴りますよ！」

肝心のヤールングレイプルを探したいところだが、どこにあるんだ。

見渡す限り、雪、雪、雪。

「ふははははは！　とうとう追いつきましたよ」

この声は……！

「ぜぇ、ぜぇ……崖崩れに巻き込まれた仲間を捨てて先へ進むなんてひどい奴らだ！　貴様ら、それでも人間か⁉」

ダニエルとチャーリーのご登場か。

「その様子ですと、まだ見つかっていないようですね。残念ですが時間切れです。そこをどいてください。ヤールングレイプルは我々が見つけます」

ダニエルが一歩進むと、それを遮るようにダクネスが前に出る。

「そう言われて道を譲るわけにはいかないな。どうしてもと言うのなら、その武器の雷撃で攻めてみるがいい。雷撃攻めというのは初めてだ……。ああっ、この身体でどこまで耐えられるのだろうか⁉」

新たな快感を想像して身もだえするダクネス。

「いやいや、雷撃の負担が大きすぎるからヤールングレイプルを入手しに来たんですが

「……そこをおどきなさい」

「そこまでだ！　アクア様達から離れろ!!　そう簡単にこの魔剣グラムから逃げられると思うな！　ここで決着をつけてやる！」

この危機に現れたのはミツルギだった。ダニエル達を追走していたのか。

「お前、もうちょっと足止め頑張れよ！　ちゃんと時間稼ぎぐらいしてくれませんかね、勇者様」

「そうよ、そうよ、追いつかれちゃったじゃない！」

「ぐぬぬぬっ、佐藤和真！　……アクア様まで……」

ここまでの疲労が祟ったのか、魔剣グラムを杖代わりにして、なんとか耐えている。

「敵である私が言うのもなんですが、人間の身でここまで追ってくるとは立派だと思いますよ。もう少し労っても良いのではないかと……む？」

突如、足下から伝わる大きな揺れ。

ダニエルが何かやったのかと思ったが、あちらも突然の事に驚いているようだ。

「な、何ですかこの震動は……!?　あっ、あれは!?」

めぐみんの叫びに応えるように、雪の中から巨大な物体が飛び出してきた。

球体で緑の表皮には編み目模様。漂ってくる甘く豊潤な香り。

「なんという大きさ‼　こ、これは間違いない。王族でも滅多に手に入れられないという、最高級マスクメロンだ！」

またわけのわからない奴が！　もうやだこの異世界！

「ちょっと待て、爆裂娘。これって最高級のマスクメロンなんだろ。綺麗なまま捕まえたら、高値で売れるんじゃないか？」

ダストの言葉に臨戦態勢だった俺の動きが止まる。

ダクネスが王族でも滅多に手に入れられない、って言ってたよな……。

「よっし、生け捕りにしよう！　爆裂魔法禁――」

「『エクスプロージョン』ッッッ‼」

「おいっ⁉」

聞く耳を持たないめぐみんの爆裂魔法により、山頂は爆焔に包まれる。

粉々に吹き飛ぶ、最高級マスクメロン。原形を留めていないどころか、食べる箇所すら残っていない。

「うおっ、汁が……。ん、うめえな！」

上空から降ってきた果汁をダストがなめて感激している。

「やりやがった……。頼むから、人の話を少しは聞けよ！」

「良いではないですか。倒したのですから」

魔力を使い切っためぐみんは、満足そうな顔で雪の上に寝転んでいる。

攻撃の要でもある爆裂魔法を、ここで使い切りやがって！

このまま放置してやろうか。

「冷たいので早く背負ってください。私のおかげで、難は去りました。これで、安心してヤールングレイプルを――」

「残念ですが、一足遅かったですね」

冷静な声に振り返ると、黒い手袋を装着してニヤリと笑うダニエルがいた。

「その手にはめてるのは、まさか……!?」

「ダニエル様、やりましたね!!」

「くっ……マスクメロンに気を取られている隙に……！　卑怯だぞ、お前達!!」

激高するミツルギに対し、小さく肩をすくめるダニエル。

「あなた達に卑怯呼ばわりされるのは心外ですよ。さあ、ついに念願のヤールングレイプルを手に入れました！　トールハンマーの真の力、今こそ……!!」

「ダニエルの城で見た雷の力を自由に操られたら、さすがに勝ち目はないぞ……みんな！

ここはいったん撤退だ！」

「ふはははは！　さんざ私の邪魔をしたあなた方を、この私が簡単に逃がすとお思いですか？　唸れ、稲妻!!」

「えっ、ちょっ、ちょっと!?　いやあああ!!」

立っているだけで精一杯のめぐみんに向けて、稲妻が迫り来る。

「めぐみん！　危ないっ!!　うあああああああ!!」

直撃する寸前に飛び込んできたのは、リアだった。

「リアー!!」

トールハンマーから放たれた複数の雷の一つが、リアの胸を貫く——

「カズマ、カズマ、どうしよう！　リアが……私をかばって!?」

取り乱すめぐみんを押しのけ、リアに駆け寄る。

「リア！　おいリア！　しっかりしろ！　目を覚ませ！」

「あ、ああ……リアを傷つけるつもりはなかったのに……」

リアがかばうのは予想外だったのだろう、攻撃した当人が一番動揺している。

「おい、息をしていないぞ!?」

「アクア、早くこっちに来てください！　早く!!」

大丈夫だ。アクアがいるなら蘇生(そせい)可能なはず！

「そんな……リアが、死んだ？」

ダニエルが絶望のあまり、その場に膝をついている。

「うわあああああ!! 私は……私は何てことをしてしまったんだ！　推しを死なせてしまうなんて前代未聞の大失態！　もうダメだ、死のう……」

うつろな目で立ち上がると、トールハンマーで自分の頭を殴ろうとしている。

「ダニエル様、落ち着いて！」

チャーリーが騒いでいるが、こっちはそれどころじゃない。

「くっ！　せっかくトールハンマーを操る力を得ても、ダニエル様がこのご様子ではさすがに分が悪い……ひとまずは撤退だ！」

「うおおおおおお……！　リーアー!!」

「ほらダニエル様！　いつまでもお泣きになってないで行きますよ！」

動こうとしないダニエルを抱えて、チャーリーが逃走する。

ダニエル達が撤退して、トールハンマーの脅威は去ってくれたか。

「うう……仲間の一人も守れないで何が勇者だ！　僕は……勇者失格だ……！」

この場でミツルギだけが落ち込み、悲しんでいる。

「『リザレクション』ッッッ!!」

アクアが手をかざすと、リアが優しい光に包まれた。

「うーん……ここは……？」

「お、戻ってきたな。魔法だけは大したもんだ」

「へー、俺もこんな感じで復活したのか」

『リザレクション』経験者の俺とダストは平然と受け止めている。めぐみんとダクネスも見慣れた光景なので反応は同じだ。

「え……？」

ミツルギだけが初体験なので、ポカーンと大口を開けて驚いていた。

「この私にかかれば、これくらい簡単よ！　なんたって女神ですからね!!」

「さ、さすがですアクア様！　やはり女神様だ！」

この奇跡を目の当たりにして、ミツルギのアクアへ対する狂信者ぶりが悪化している。

「リア、自分の名前はわかりますか？　ここはどこだかわかりますか？」

「…………」

名前を呼ばれているのに返事もせず、ぼーっと虚空を見つめている、リア。

「……ちょっと待て。様子がおかしい。もう一度聞くぞ。ここがどこだかわかるか？　アクアが手をかざすと、リアが優しい光に包まれた。」

反応の鈍いリアの目の前に人差し指を近づけ、左右に振る。

しかし、その目はあらぬ方向を見つめたままだ。

「……思い出した」

唐突にそんなことを言い出した。……これはちょっとヤバいのでは？

「あ！　もしかして、記憶が戻ったの？」

記憶？　アクアは納得した顔をしているが、なんの話だ？

「一緒に捕まっていた時にリアが言ってたのよ。自分には二年より前の記憶がないって」

そういえば、前に踊り子をやっている理由を訊いた時に、記憶が無いとか言っていたな。

「ああ、全て思い出した……！　私が、この世界にいる理由を……！」

めぐみんが喜びそうなことを言い出したぞ。これ、蘇生に失敗してるんじゃ。

……一応、話を合わせてみるか。

「この世界……？」

リアは静かに頷き、俺とアクアを交互に見る。その目は、まるで懐かしいものを見るような目だった――

◇第六章

1

ウォルム山でヤールングレイプルをダニエルに奪われてから、数日が経過していた。

俺はアクア達と一緒に、アクセルハーツが住んでいる一軒家のロビーで今後の相談中だ。

「ダニエル達は随分と大人しいのですね。もう、トールハンマーの力を自在に操れるはずなのに……」

「攻め込んでもこないし、他の街で暴れている様子もない。この沈黙はありがたいが、同時に不気味だな」

「リアが死んじゃったーってショック受けてたから、今も立ち直れてないんじゃないかしら？」

暴れて欲しいわけじゃないが、ここまで大人しいと不安になってしまう。

「理由はどうあれ、ダニエルが大人しくしてるおかげで王都での踊り子コンテスト本選は予定通り行われそうだな」

ずっと黙っていたエーリカとシエロに話を振る。

「それなんだけど……一つ問題があるのよ」

「問題？」

「コンテスト本選の当日までもう時間がないのに……。リアが部屋にこもりっきりで出てこようとしなくて」

「本当ならもう少し合わせて練習したいところなんですが。どうしましょう……」

あの日からリアは大人しく……というより、ほとんど話さなくなり引きこもってしまった。その理由に心当たりはある。

「……リアは、ウォルム山で記憶が戻ってから変なのよね。元気にはしているの？　ご飯は食べてる？」

アクアの発言を聞いていると、娘の身を案じる故郷のお母さんみたいだな。

「食欲はあるみたい。ご飯を部屋の前に置いておくと、いつの間にか食べ終えた食器が出されてるもの」

「あとボク達が気づかないうちにお手洗いに行ってたり。買ってきて欲しいものがあったら、手紙が置いてあったり……」

……ただの引きこもりじゃねえか！

何だろう、過去の自分の話を聞かされてるみたいで胸が痛い……。

「リアちゃんがこんな様子だし、本選は辞退するしか――」

「それは違う！　ここまで頑張ってきたんだ……簡単に諦めちゃ駄目だ!!」

優勝賞金十億エリス獲得はアクセルハーツに懸かっている！　そのためにどれだけ苦労してきたと思ってんだ！　特に俺が！

「そうは言っても、どうしようもないことも――」

肩を落とし消え入りそうな声で呟く(つぶや)エーリカ。

「いいか、本選に出られるのは各地の予選を勝ち抜いた八組のユニット。お前達は既に、何千もの踊り子ユニットの夢を託されてるんだ！」

「はっ!?」

文字通りハッとした表情で俺を見る、エーリカとシエロ。

「夢破れた踊り子ユニットのためにも……。お前達は、本選のトーナメントで最高のショーをする義務がある！」

「た、確かに……ボク達、自分のことしか考えてませんでした。凄い(すご)ですね、カズマさんは……」

まあ、俺も自分のことしか考えてないわけだが。

「プロデューサーの俺にも見せてくれ。お前達が本選で輝くところを!!」

「「はいっ、プロデューサー!!」」

目を輝かせ元気よく返事をする、エーリカとシエロ。

うちの三人と違って、二人が素直で助かるよ。

「……なんですか、その何か言いたげな顔は」

「別に」

俺の視線に気づいためぐみんが、むくれた顔でこっちを見ている。

「プロデューサー……？　もしかしてカズマが来てるのか？」

扉の開く音がして、部屋からリアが出てきた。

やつれてもいないし、顔色も悪くないようだ。

「リアにもカズマの熱意が伝わったのね……!!」

喜びに涙ぐむエーリカ。

熱弁を振るったかいがあったな。

「リアちゃん、もうすぐ本選だよ。一緒に練習しよう!!」

「練習、か……。その前に、アクアとカズマに大事な話があるんだ。部屋に入ってくれないか？」

「カズマと……私に……？」

俺とアクアは心底嫌な顔をする。

以前掃除したリアの部屋は再びゴミで溢れ返っていた。足下を確かめながら、俺とアクアは部屋の中へと踏み込んで行く。

やっぱり、こうなっていたか。だから、嫌だったんだよ！

「ど、どうしてもこの部屋で話さなきゃならないのか？」

「いや、大事な話だから。それに二人以外には聞かれたくない……」

秘密の話か。……せめて、換気はさせて欲しい。

「なるほど……わかったわ。アクシズ教に入信したいからその口添えをして欲しいってことね！」

「それは、あり得ない」

俺が断言するとアクアが掴みかかってきたので、本気で抵抗する。

「……思い出したんだ」

そんな俺達を見ても、リアはマイペースで話を進めている。

「ああ、記憶が戻ったんだよな。いいことじゃないか」

「リアの家族やお友達も心配してるわよね。もう連絡はしたの？」

「……この世界に、親はいない」

「この世界に……？」

その言葉に思わず反応する。

「率直に言おう。私は、日本からこの世界に転生してきたんだ」

ぱんっと手を打ち鳴らして何度もうなずくアクア。

「あら、やっぱり！　実は私もリアのこと、どこかで見た顔だなーって——えええええええええええ⁉」

「ええええええええ⁉」

アクアの叫びに触発され、俺も叫んでしまった。

「私は、日本からこの世界に転生してきたんだ」

「マジか！　でも確かにリアは髪も黒いし、日本人だと言われても違和感はないな……」

言われてみれば日本人っぽい顔つきだ。

この世界って変わった髪色や顔つきの人もいるが、日本人と変わらない外見の人もいるからな。

「サトウカズマという名前からして、カズマもそうなんだろう？　だからきみには打ち明けておくことにした。それから、アクア……いや、アクア様。あなたは本物の女神ですよね？　転生の時にお会いしたかと」

「……あー、はいはい！　そうだったそうだった！　覚えてるわよ！　そんな大事なこと私が忘れるわけないじゃない！」

激しく頭を縦に振るアクア。

こいつ絶対に忘れてたな……。

「けど、アクア様なんて今さら照れるじゃない。普通にアクアって呼んでくれていいわよ」

「……わかった、そうさせてもらうよ」

驚愕の事実に唖然としたが、これで一件落着か。

……あれ？　だとしたら……。

「記憶が戻ったならよかったじゃないか。どうして引きこもりだしたんだ？」

「……考えていたんだ。このまま踊り子を続けていいのかどうか。少し、私の話をしていいか？」

俺とアクアが静かに頷くと、リアはコン次郎のぬいぐるみを傍らに置き、真面目な顔で話し始める――

「私は日本では元々、アイドル活動をやっていたんだ」

「え、そうなのか!?　ちなみになんて名前だ!?」

有名なグループに所属していたなら、後でサインもらおう。

「名前を言ってもわからないさ。大勢いるグループの中の一人でしかないからな」

少し前のアイドルグループは大人数が流行だったからな。リアもその内の一人だったと。

「研修生としてレッスンを続けて、デビューが決まった時は嬉しかったな……」

当時を思い出して懐かしんでいるのか。少し寂しそうに笑っている。

「だからリアは、踊りや歌が得意なのね」

「でもある日、喉の病気になってね……歌が歌えなくなったんだ。ショックで落ち込んでいる時、追い打ちをかけるように交通事故にあって……この世界に転生したんだ」

「……俺と一緒だな」

同じように辛い過去があったのか。

「厳密に言うと、カズマさんは交通事故じゃなくてトラックにひかれたと勘違いしてのショック死だけどね」

「ひどい！」

そこは黙っておくのが優しさだろ。

「んっ……話を続けるぞ？」

真面目な顔で咳払いをするリアを見て、俺もアクアも姿勢を正した。

「転生して一番嬉しかったことは、再び歌が歌えるようになっていたこと……昔のように歌を歌い、踊りたかった」

心から嬉しそうに笑う横顔に見惚れそうになる。

「でも私は転生者……。魔王を倒し、この世界を救う使命を帯びていた。高校では薙刀部だったから、ランサーとして着々とレベルを上げて行ったんだ」

槍が使える理由は薙刀部だったからか。

リアは俺と違って真面目に魔王討伐をするつもりだったのか。偉いな。

「カズマさんとは違って偉いわ」

その通りだが、アクアに言われるとむかつく。

「でも――」

リアの表情に陰りが見えた。

「ある時、馬車での移動中にモンスターの襲撃を受けて、私は馬車から放り出され、崖から落ちたんだ。自分の名前も、自分が日本からの転生者だってことも忘れて……。それからしばらくして、踊り子を目指すシエロとエーリカに出会ったんだ」

俺も異世界で苦労してきたと思っていたが、リアも壮絶な経験をしてきたのか。

「記憶はなくても、体は覚えているんだな。私の歌と踊りを見たシエロとエーリカから、一緒に組もうと言われたんだ。すごく嬉しかった。この世界に来てからの、初めての仲間だったから……」

そんな時に二人と出会ったのか。

……俺が出会った二人と差がありすぎませんかね？　おまけに、こんなのまで連れてきてしまったし。

アクアを見て……大きなため息を吐く。

「えっ、なになに。なんでため息吐いてるの？」

俺も異世界でまともな出会いがしたかった！

「なるほどな、そんなことがあったのか……」

「そういえば『リア』って名前は記憶をなくしてからつけた名前って言ってたわね？　本名は何て言うの？」

「本名なんてどうでもいい。もうこっちの名前で呼ばれ慣れてるしね。それよりも……私は、踊り子を続けていいのだろうか？」

それを悩んでいたから最近の様子がおかしかったのか。

「踊り子、辞めたいのか？」

「そんなわけない！　だが、私は転生者で……。一刻も早く魔王を倒すために動き出した方がいい気が……」

　そっか……。俺なんて、そんなことで悩んだ経験は一度も無い！　魔王なんてミツルギみたいなのに任せておけばいいんだよ。

「素晴らしいわ！　私が授けた勇者としての使命を果たそうと頑張ってくれるだなんて!!」

　アクアはリアの言葉に感動して目を輝かせていた。

　そして、なぜか俺の方をチラチラ見ている。……こっち見んな。

「でもね、そんなに悲しそうな顔で頑張ってもらうのはなんだか違う気がするのよね……」

　リアが本当にしたいことは何なの？」

「私が、本当にしたいこと……？」

「汝、何かの事で悩むなら今を楽しく生きなさい。楽な方へと流されなさい……。そして自分を抑えず、本能のおもむくままに進みなさい！」

「……!!」

　リアの表情が少し明るくなった。

　アクシズ教のとんでもない教義だが、リアの心には響くものがあったようだ。

「ふふっ、アクシズ教の偉大な教えよ！」

「アクア……！」

「毎日平和に暮らしたいだけの俺が言うのもなんだけど、女神本人がこう言ってるんだし、好きなことを優先してもいいんじゃないか？　踊り子稼業をする中で仲間が出来て、俺達とも出会ったんだ。シエロとエーリカも、リアと踊りたいって言ってたぞ？」

まずは立ち直って、やる気を出してもらわないと話にならない。

「お前に出来ることは、早く部屋から出てシエロとエーリカを安心させて……コンテストで優勝することだ!!」

「カズマ……！」

完全に生気を取り戻した目で俺を見つめると、力強く手を握ってきた。

よっし、これで借金返済への道が再び開けたぞ！

2

シエロとエーリカの後押しもあり、立ち直ったリアはレッスンもこなすようになり、忙しい毎日が過ぎた。

そして、とうとう踊り子コンテスト本選の初日。

少しでも会場を盛り上げるために、アクア、めぐみん、ダクネスも連れてきた。

「今日は何で来たのかわかってるよな？　アクセルハーツの応援だぞ？」

「わかってるわよ！　コンテストはトーナメント形式で、実際にショーを披露するんでしょ？　応援しなきゃね！」

「結局今日まで一度もダニエルが現れなかったことが少し不気味だが……まずはコンテストだな！」

「さあ、コンテスト初日を派手に盛り上げていきますよ！　……我が爆裂魔法の威力、王都中に知らしめてくれる!!」

「お願いだから街の外でやってくれ」


会場の観客席に三人を置いて、俺は一人で控え室に向かった。

出場者全員が使う大きな室内は緊張感が漂っていて、どの出場者の顔も強敵に見えてくる。肝心のアクセルハーツは——周りに負けてないな。

これまでの経験が生きているのか、緊張はしているようだが物怖じはしていない。

「お前達三人にとってはとうとう迎えた本番の日だ。今日までの過酷な練習は無駄じゃない！　たっぷり実力を見せつけてやれ！」

三人に向けて檄を飛ばす。

「言われなくたって！　アタシが一番可愛いってこと、みんなにわからせてやるわ！」

「あうう、どうしよう、男の人がいっぱいで……。う、うっかり殴らないように気をつけないと……」

「マジで頼むぞ。問題起こして不戦敗なんてシャレにならない」

出場者が女性のみだったのは救いだな。男性ユニットもありだったら、心配で見ていられなかった。

「シエロとエーリカの夢のために……私も、全力で歌うから！」

円陣を組み、アクセルハーツが気合を入れる。踊り子コンテストは間もなく幕が上がろうとしていた——

3

「さて、いよいよ本選なわけだが……。ここで本選のルールをおさらいするぞ」

控え室でアクセルハーツの三人に、再び簡単に説明をしておく。

コンテスト本選出場を決めた八組から二組ずつが対戦する。勝ち進んだ四組が、総当たりで決勝戦を行うってわけだ。

説明も終わり、あとは本番まで休憩しておくように伝えると、タイミングを見計らったかのように控え室の扉が開き、ダクネスが辺りを見回している。

「おいカズマはいるか？　ちょっと相談があるのだが……」

「ダクネス？　どうしたんだ改まって？」

「城から連絡が来たのだ。ダニエルの件で話があるというので、カズマも一緒に来てほしい」

「……わかった。すぐに行く」

さすがに無視するわけにもいかないよな。

「てことでお前ら、俺は野暮用でしばらく席を外す。ショーが始まる頃には戻るから、準備を進めてくれ」

4

城に呼び出された俺とダクネスは、詳しい話を聞いていた――

「お忙しいところ時間を割いていただき恐縮です。簡潔にお話し致しますのでしばしお時間をいただきたく」

城の一室に通され王の従者らしき人から話を聞いている。

「まずは先日のご報告に感謝致します。我が国に国難をもたらしかねない古代兵器とその使い手の情報、ありがたく頂戴しました」

「ええ。何とか阻止しようと試みたのですが!!　一瞬間に合わず、向こうが儀式を成功させてしまったんです!!」

自分達が原因でそうなった経過は、おくびにも出さない。

「申し訳ありません。その儀式が成功したのは私の仲間の――」

バカ正直に真相を話そうとしたダクネスの口を塞ぐ。

こいつはなんで馬鹿正直に話そうとするんだ！

「ダクネス！　俺が説明している最中だ。ここはリーダーである俺にすべて任せろ！」

こ、こら、怪力で抵抗すんな。

「カズマ、きさ……はうっ！」

暴れる元気がなくなるように『ドレインタッチ』でこっそり吸っておく。

アクアのせいで儀式が成功したってのは、隠し通すんだ。でないと損害賠償とか払わされるかもだしな……。

「あの、もういいですか？　ごほんっ……。さしあたっては王都より密使を放ち、独自調査を行いました。結果、元魔王軍幹部候補ダニエルを極めて危険な人物と判断し……五億エリスの懸賞金をかけることとします」

「ご、五億エリス……！」

「つきましては、魔王軍幹部を倒した実績のあるカズマ殿にも、ダニエルの討伐を依頼したいのですが……」

つまり、コンテストに優勝してダニエルも倒せば、借金返済してさらに釣りが来る！

貧乏生活から一気に大富豪だ……！

「フフフ……数々の魔王軍幹部を葬り去ってきたこのサトウカズマに、どうぞお任せください！」

5

「最近大人しいとはいえ、やはりダニエルは危険だな。早く我々の手で倒さねば……！」

「ああ。五億も手に入るしな……。とはいえ、まずは踊り子コンテストだ！」

明るい未来を妄想しながら劇場に戻り、浮かれ気分で控え室の扉を開く。そして、元気よく声を掛ける。

「みんなー、戻ったぞー。準備はいいかー？」

「「「…………」」」

返ってきたのは沈黙のみ。

なんだ、三人とも暗い顔をして。まだ、緊張しているのか。

「ん？　おいお前達、もう本番が始まる時間だろ？　着替えなくていいのか？」

「カズマ……大変なんだ！」

切羽詰まった表情で詰め寄るリア。

「大変？　何が？」

俺の質問に対し、リアを押しのけ答えたのはシエロだった。

「ボク達の衣装が……なくなっちゃったんです!!」

「そっか、衣装がえええええ!?」

だから、誰も着替えていなかったのか！

「どうしようカズマ！　ないの！　私達の超可愛い衣装がどこにもないの！」

「落ち着けエーリカ！　とりあえず考えるんだ！　うっかり別の場所に置き忘れたとか、誰かに預けたとか！」

「そんなはずないです！　衣装の入った袋を壁のそばに置いたのは、ついさっきのことですから！」

ということは、この数分の内になくなったってことか。

「誰かのいたずらか？　それともファンが持って行ったのか？　あーもうこうなったらそのまま出ろ!!」

審査員や観客の評価は下がるだろうが、それでもやらないよりマシだ。

「無理だ。衣装は前もって登録したもの以外は認められないからな。残念だが、見つからなければ棄権に――」

「棄権？　リア達のショーが見れないのですか？」

不意に聞こえたのはめぐみんの声だった。振り返ると、観客席にいるはずの二人がそこにいた。

「めぐみんとクリスか。どうしてここに？」

「本番前の激励に来たのですが。……何とかならないのですか？」

「と言われてもな。……めぐみんはわかるんだが、なんでクリスもいるんだ？」

「あたしは、そこでめぐみんに会って付いてきただけ」

「クリスはカズマのやっている事に興味があるようですよ」

意外だな。人前に立って目立つのは苦手なタイプだと思い込んでいた。

一見、男の子と見間違えるようなスタイルで顔は美少女。ふむ、今のアクセルハーツにはいない人材ではある。

外見から、女性人気も狙えそうだよな。

しかし、この世界でも女の子はアイドルに憧れるものなのか。

「よし、わかった。今は忙しいから、今日の夜に面接な」

「えっ、なんか変な方向に暴走してない⁉　あたしが興味あるのはカズマ君のプロデュース業の方だよ！　凄く儲かっているみたいだし」

なんだ、そっちの方か。

あっ、そうだ！　クリスは盗賊だから、打って付けじゃないか。

「悪いがクリス、ちょっと手伝ってくれ」

「いきなりだね。手伝って、さっき話していた衣装の事だよね。まあ、いいよ。乗りかかった船だし」

6

「現場にあった足跡的に、衣装泥棒はこっちの方へ逃げたはずだよ」

街中を小走りで進む、クリス。俺はその後ろをついて行く。

「そんなことまでわかるのか？　さすが同業者」

「違うよ、盗賊と泥棒は別だからね！　今追ってるのは泥棒……でも変だな」

「変って、何がです？」

めぐみんの疑問には俺も同意する。何が変だというのか。

「足跡とか、行動の痕跡が……どうも人間じゃないような……」

人間じゃない？　となると、思い当たるのがいるな――

「おっ、ありましたよ！　あれは、リア達の衣装じゃないですか!?」

めぐみんが指をさす先には、フードをかぶった大柄な男達の姿。

そしてその手には、リア達の衣装が握られていた。

「そこの不審者！　リア達の衣装を返しなさい!!」

「待て、めぐみん。こいつら、何だか様子が――」

俺が手で制すと、振り返った不審者達が目深にかぶったフードを払う。

「「「グオォォォ!!」」」

「トロール!?　チャーリーとダニエルじゃないみたいだが、お前達が衣装を持って行きやがったのか……」

あの二人が相手となると荷が重いが、こいつらだけなら取り返すことも可能か。

「おい、トロール！　それは金づる……んんっ！　リア達の衣装なんだ、返しやがれ!!」

俺が狙撃スキルで矢を放つと、衣装を抱えていたトロールの肩に命中した。

「あの密集具合。撃ってくれと言っているようなものです！　撃っていいですか！　いいですよね!?」

「ダメに決まってんだろ！　ここは王都なんだぞ。アクセルと違ってこんなところでぶっ放したら問題になるだろ！」

「いや、アクセルの街でも問題だからね……」

げんなりした顔のクリスが、疲れたように額に手を当てている。

「ウウ、捕マッテナルモノカ……。コレダケデモ、ダニエル様ニ……！」

「待て、逃がすか!!」

「カズマ君、衣装は無事だよ。こっちがお目当てなんでしょ」

地面に転がっていた衣装を拾い上げたクリス。

さっきの矢の一撃で衣装を落としたのか。

「……ちっ、仕方がないな。今は衣装が優先だし」

けど、さっきのトロール。ダニエルの名前を口にしたような。気のせいか……？

7

「大変お待たせしました。踊り子コンテスト本選、次に登場するユニットはアクセル出身の三人組『アクセルハーツ』です!!」

出場者よりも煌びやかで目立つ格好をした司会者に、大げさな身振り手振りで紹介されたリア達が、舞台袖から元気に登場した。

「こんにちはー！　アクセルハーツでーすっ‼　みんなを可愛さで夢中にさせるわよー？」

「い、一生懸命頑張りますから。応援お願いします！」

何とか間に合ったな。後はリア達が最高のパフォーマンスをするだけだ‼

「聞いてください、私達の歌……。アクセルハーツで『ブライトショー』‼」

三人の息の合った歌唱と踊りは多くの観客の目を引き付け、審査員の印象もいいように見えた。

8

踊り子コンテスト本選の初戦が終わったその晩。俺達は祝勝会を開こうとリア達が泊まっている宿屋にやってきたのだが――

「すごくいいショーだったよ、リアちゃん」

ホールで偶然会ったエーリカとシエロを連れて、リアの部屋の前まで移動する。そして、扉を叩く寸前でピタリと止まった。

「ありがとうコン次郎。やっぱり歌はいいね」

ちゃんと閉まっていなかった扉の隙間から、何やら話し声が聞こえてくるので、耳を澄ましてみる。

「記憶を取り戻してから初めてのショーだったからかな。勝てたこともそうだけど、ただ歌えるだけで喜びもひとしおだ」

本当に嬉しかったのだろう、声が弾んでいる。

「歌が大好きなリアちゃんの気持ち、僕にも届いたよ。すごいよリアちゃん、リアちゃんはやれば出来る子！」

そんなリアを褒める……声色を変えたリア。

「おいおいそんなに褒めるなよ。照れるだろ？」

……痛い子だったか。

このまま触れないのが優しさだろうと、きびすを返そうとした時、すーっと扉が風で開いた。

キツネのぬいぐるみを抱きしめたまま、硬直しているリアと目が合う。

「……よ、よう」

「カ、カズマ⁉ それにシエロとエーリカも！ 一体、いつからそこに……？」

「えっと……なんかごめん」

いたたまれない空気に負け、なんとなく謝ってしまった。

「リアってば何を今さら恥ずかしがってるのよ。アンタがそのぬいぐるみと喋ってるとこなんて今まで何度も――」

「ぬいぐるみじゃない、コン次郎だ」

「ああ、コン次郎は、リアちゃんにとって大事な存在なんだよね」

「ああ、一人でクエストをしていた時も私を癒してくれた……。記憶をなくした後も、コン次郎はそばにいてくれた。もはや四人目のアクセルハーツと言っても過言ではないな」

「いや、過言な気もするけど……」

歌って踊れないメンバーはいらない。

「まあまあ、いいじゃない。アクセルハーツのマスコットってことで」

あれ？　……もしかして、それだけ大事にしているってことは、異世界転生の時にもらえる――

「ま、まさかそのコン次郎がチートアイテムとか……？」

「チート？　ちょっとカズマ、チートって何よ？」

この世界の住民であるエーリカには通じなくて当然だ。

リアはすぐに理解したようで、頭を左右に振る。

「ああ、それは別。私がもらったのは……この魔導鍵盤だ」

リアが、大きな鞄から机に白鍵と黒鍵から成る電子楽器、キーボードを取り出す――

これが転生特典だったのか。てことは、これにも魔剣グラムみたいに、何かチート級の力があるんだよな？

「なあリア。これって一体どんな能力が――」

「大変よ！」

質問の途中だというのに、外れ転生特典のアクアが部屋に飛び込んできた。めぐみんとダクネスもいるのか。

三人とも息を切らしていて、ここまで走ってきたようだ。

「どうしたの、そんなに慌てて……」

「あいつよ！　ダニエルが王都を襲撃しに来たの！」

「何だって……!?」

大人しくしてると安心してたのに。

「あ、暴れられたら……前のツアーの時のように中止になるかも」

「させないわよ、踊り子コンテストは踊り子達の手で守らなきゃ！　リア、シエロ、行くわよ!!」

「ああ……念のため、これも持って行こう」

リアは魔導鍵盤に紐をつけ、ショルダーキーボードのように肩からかけて部屋を出る。

「カズマ、私達も行くわよ？」

「ああ……ところで気になったんだけど。お前がリアに渡した魔導鍵盤について教えてくれよ。一体どんな能力を持ってるアイテムなんだ？」

「はぁ⁉　そんなの私が覚えてるわけないじゃない‼」

こいつ……恥ずかしげもなく言い切りやがった！

古代兵器の件といい、女神の職務怠慢だろ‼

「そんなことより早く！　コンテストが大変なことになっちゃうわよ⁉」

9

「フハハハハ！　魔王軍に再雇用してもらうため！　そして温かい未来の結婚生活のため……！　愚かな人間達には泣きを見てもらいますよ！」

「おおダニエル様、ようやく真面目に働く気になってくださったんですね……側近として嬉しいです！」

物陰からダニエル達の様子をうかがっているのだが……話のスケールが小さい！

というか、結婚願望まで出てきたのか。

「最近、こいつが何もしなかったのは働く気がなかっただけかよ！」

「でも、自ら動いたのは偉いわ。追い詰められないと働かない、カズマと違って」

「そうですね」

「そうだな」

おい、やめろ。何か言いたげな顔でこっち見るな。

しかし、あいつら……よりにもよって舞台の近くで暴れてやがる！

「古代兵器の圧倒的な威力に恐れおののきなさい！　さあ、唸れ!!　トール――」

これ以上、眺めている場合じゃないか。

俺達は物陰から颯爽と飛び出た。

「待たせたな！　真打登場だ！」

「む……またあなた達ですか」

うんざりした顔のダニエル。

俺だって、お前らとは会いたくなかったよ。

「この街や踊り子達は私達が守る！　雷撃を放つなら……こ、この私に！」

「ここは私が！　さあ、トールハンマーと爆裂魔法……。どちらが上か、今こそ決めようじゃありませんか！」

あの兵器を前に怖じ気づくどころか、怯える素振りも見せないダクネスとめぐみん。

「ええい、うるさい虫けら達ですね。ぎゃあぎゃあ喚(わめ)いてないで、早く踊り子達を出してください」

やはり、こいつのお目当てはアクセルハーツか。

「踊り子ならここにいるぞ!!」

ダニエルの呼ぶ声に応えて、リア達が登場する。

その瞬間、色めきたつダニエルとチャーリー。

「おお、リア……やはりあなたは生きていたのですね！　こうして再会を果たせたこと、運命と呼ばず何と呼ぶ!?　さあ、私の圧倒的な力を見て、惚(ほ)れ直してください！」

「思い込み激しすぎてキモイわね……惚れ直すも何も、リアはアンタになんか一回も惚れてないから!!」

「ここはたくさんの踊り子が夢を叶(かな)えるための舞台です！　あなた達のような人に上がって欲しくありません！」

リアをかばうようにエーリカとシエロが前に立つ。

「私とて、踊り子達のステージを壊すことは本意ではありません。しかしこれも愛の試練……！　私は今日、リアとの夢の結婚生活に向けて、新たな一歩を踏み出します！」

これがこじらせたアイドルオタクのなれの果てか！

「結婚……何を言っているんだ、こいつは」

「リア、気にするな。来るぞ!!」

と、意気込んでみたものの、ただでさえ強敵のダニエルとチャーリーに加えて、自爆しなくなったトールハンマーというチート武器。

かなり辛い戦いになると覚悟していた……のだが。

「ぐぅっ、不覚……！　神聖なる踊り子達のステージを壊さぬよう、無意識のうちに手加減をしたのでしょうか……」

負け惜しみを、と返したいところだが……たぶん本当だ。動きが鈍く、トールハンマーの能力も発動していない。

「ふふん、言い訳なんて見苦しいわよ？」

「アクア、挑発するな！」

「言い訳かどうかその目で確かめなさい……トールハンマーよ！　今こそ真の力を！　王都に落雷を!!」

アクアの一言で吹っ切れたダニエルが、トールハンマーを掲げる。

すると、武器が光り輝き、バチバチと小さく弾(はじ)けるような音が何度もした。

「なっ、周囲まで巻き込む気か？　やめろー!!」

俺の制止も聞かずに、ダニエルがトールハンマーを振るうと、王都のいたる所に雷が落ちていく――

「のわあ!!　お、俺の家がぁぁぁ!!」

「どうなってんだ、いきなり落雷だと!?　火事も起きてるぞ!?」

住民達の怒号や悲鳴が飛び交っている。

無差別の広範囲攻撃なんて、どうすりゃいいんだ!?

「くっ、あれだけ広範囲の落雷では防ぎようがないぞ!?」

「もう我慢なりません！　我が爆裂魔法で成敗してくれます！」

「よせ、めぐみん！　街への被害が広がるぞ！」

それどころか、落雷の被害もこっちの責任にされかねない。

「じゃあどうするのよ、カズマさん!?」

「まずは落雷の被害を受けない範囲に避難だ！」

王都の住民を避難誘導して、この場から遠ざけないと。

「笑止！　これほどの大観衆を、本当に全員守り通せるとでも？　片腹痛いですねぇ！」

「ダニエル様！　その調子でもう一発お見舞いしてやってください!!」

「ええ、いきますよ……唸れ、稲妻よっ!!」

「ダニエル！　関係のない者を巻き込むのはやめろ！」

ダクネスが大剣を振り下ろし、妨害しようとするが、その攻撃はいつも通りかすりもしていない。

時間稼ぎにもならねえ！

「却下です！　魔王様が私を認め、リアが私との結婚を受け入れるまで……私が街の破壊をやめることはありません!!」

自己中にもほどがあるだろ！　お前は癇癪（かんしゃく）を起こした子供かっ！

「くっ……みんなを守らないと!!」

「よせ、行くなリア！」

何を思ったのか、リアがダニエルめがけて走って行く。

「駄目だ、この距離では間に合わない!!」

それを見たダクネスが悲痛な声を上げる。

「さあ覚悟するがよろしい……唸れ、稲妻ッッッッ!!」

「魔導鍵盤！　みんなを、守ってくれ……!!」

覚悟をして目を閉じたが、いつまで経っても稲妻は襲ってこない。

恐る恐る目を開けると、俺達は青い光に守られていた。

「こ、これは……？」

「凄い、強力なバリアです。これを、リアちゃんが……？」

「というか、普通に今まで使ってたのに。魔導鍵盤にそんな力あったわけ!?」

仲間のエーリカ達も知らない力。……そうか、記憶が戻ったから。魔導鍵盤の真の使い方も思い出したのか……！

そっとバリアに触れてみる。なめらかな肌触りだというのに異様なまでに硬い。

「トールハンマーの雷撃を寄せ付けないなど、よもやそんなことが……!?」

「私が守るんだ……これ以上誰も、傷つけさせない!!」

「凄いです！　音の魔力が障壁となって、トールハンマーの雷撃を遮断していますよ!!

……カズマ、カズマ！　これがあれば、いつでもどこでも爆裂魔法撃ち放題では!?」

めぐみんは大発見をした子供のように興奮している。

しかし、記憶がよみがえって大活躍なんて、物語の主人公みたいだ。

「そっか、うんうん。あれってそんな能力だった気がする！」

ようやく思い出したのか、それとも思い出した振りをしているだけなのか。アクアが一人で納得している。

いや、もう黙っていてくれ。

「あの鍵盤に、このような力が……一体あれは何だ!?」

「はあああああ……っ!!」

「ぐうぅ……おおおおおお……!!」

リアが咆哮すると魔導鍵盤のバリアが、トールハンマーの落雷を空高く弾き飛ばす――

「な……なんと……！　トールハンマーの力が、通じない……？」

「……チャーリー、一時撤退です！　態勢を立て直しますよ！」

膠着状態で先にじれたのは、ダニエル達だった。

「待ちなさい！　そう何度も逃がしてなるもんですか！」

「アクア！　今は放っておけ」

「リアが落雷を防いだとしても、街と住人を無差別に狙われる危険は消えない……引いてもらえるなら、こちらも助かるからな」

それもあるが本音は、ここで被害を広げてステージを壊されるのが怖い。

相手を倒してもステージがなくては話にならない。

「不確定要素には近付かない、それが賢者の鉄則です。しかし、これで勝ったとは思わないように。私は必ず戻ってきます……リアが私のものになるまで何度でも！」

「ダニエル様。だんだん、リアとの結婚に重きを置いている気がしますが……魔王軍に戻るためですよね？」

「そ、そうです！　魔王様に私の力を再度認めてもらうために！　来なさい、ワイバーン!!」

……こいつ、魔王軍のことなんて忘れてただろ。

飛来したワイバーンの背に乗り、ダニエルとチャーリーは逃げるように飛び去った。

「何とか……終わった、か……会場の修繕と、住民の避難を……」

リアが糸が切れた操り人形のように、その場に倒れ込む。

「リア!?」

駆け寄って調べてみるが、外傷はない。気を失っただけのようだ。

「たぶん、魔力を使い切ったのね。そういう魔道具がリストにあったはずだから」

渡した本人であるアクアが言うなら間違いないのだろう。

リアを控え室代わりのテントで寝かせて、エーリカとシエロが看病している。その間に俺達は瓦礫（がれき）の撤去作業を手伝うか。

ここが復旧しないとコンテスト……借金返済が無理になるからな！

◇第七章

1

「はいはーい、ケガ人は並んでちょうだい。順番にヒールをかけてあげるわ」

アクアの回復魔法待ちに列が出来るぐらい、負傷者が多い。

ダニエルの猛攻による王都の被害は、甚大なものだった——

「ひどいな。コンテストのステージも大破してるし……」

「踊り子ファンを自称しているわりに、ダニエルも見境がありませんね」

「ああ、街の住民達に怪我人がいなかったのが幸いだ」

負傷しているのは主に兵士だったので、そこは不幸中の幸いだった。

「ちょっとカズマ！　街中の修繕もケガ人の治療も、全部私にやらせるつもり？」

「日頃活躍してないんだ、こんな時ぐらい頑張れよ」

「あーっ！　カズマが酷いこと言った！　言っちゃいけないこと言った！」

「はいはい、わかったよ。それに大変なのはわかってるから助っ人も呼んだんだし……」

アクアが涙目で訴えてきたので、適当にあしらっておく。

「と言いつつ、その助っ人の姿が見当たりませんが？」

めぐみんがその姿を探しているが、確かに近くにそれらしき人物はいない。

「ん、どこ行きやがった？」

おっ、いたいた。少し離れた広場の隅でやっていたのか。

目的の人物を見つけて早足で近づくと、怪我をした兵士の治療中だった。

「すまない、ヒールを使える人がいて助かったよ」

「いえいえ、いいんですよ。これもプリーストである私の務めですから」

優しく微笑み健気に尽くす姿に、兵士が見とれている。

ここだけ見たら、セシリーもまともな聖職者に見えるよな。

「おーい、こっちにもヒールを頼む！」

「お待ちになって、すぐに行きますわ」

「ん、その格好……まさか、アクシズ教のシスターか？　あの、変人ぞろいで有名な!?」

兵士はこの青い修道服がアクシズ教のものだと知っていたようで、露骨に表情をゆがめた。

「ええ、そうです。でも……変人ぞろいなんて、少し悲しいです」

「す、すまない。悪気があったわけじゃないんだ」

「わかっています。一部の過激なアクシズ教徒のせいで悪評が流れてますから。ですが……全てのアクシズ教徒が変人と思わないでください」

悲しげに目を伏せるセシリー。

その姿を見て申し訳なさそうに、頭を掻く兵士。

「わかってるよ。あんたみたいな、ちゃんとしたシスターがいるんだからね……誤解していたよ」

「気にしないでください。それより、お腹が空いているでしょう？　この、アルカン饅頭を召し上がってください」

セシリーは目元を拭い、聖母のように慈愛あふれる笑みで饅頭を差し出した。

「ああ、いただこう……」

「はい確保ー！　食べましたね？　食べましたよね？　もう食べて返せませんよね!?」

呑み込んだのを見届けたセシリーの態度が豹変した。

「それを食べた以上、この入信書にサインしてもらいましょうか！　ヒールもたくさんかけてあげたんだし」

「そ、そんな……どっちも善意でやってくれたんじゃ――」

「善意で王都まで足を運んで、わざわざ慈善活動をする聖人がどこにいるんですか!? 私にとってこれは慈善活動ではなく布教活動！　アクア様の意向を皆に知らしめる活動なのです!!」

本性をさらけ出したセシリーから兵士が逃げようとするが、即座に回り込まれ逃げ道を塞がれた。

「これだけ至れり尽くせりされた後で、断ったりしませんよね？　さあ、さあ……この入信書に今すぐサインを!!」

「ひ、ひぃぃ……やっぱりアクシズ教徒はろくなもんじゃねえ!!」

「今なら石鹸も洗剤もつけますよ！　ほらほら、さあさあ!!」

セシリーは本気でびびっている兵士へ、容赦なく間合いを詰めていく。

「やめろ、怖がってんだろ」

とりあえず脳天にチョップを落とす。

「痛っ……カズマさん、いきなり叩かないでください。頭がおかしくなったらどうするんですか」

「大丈夫、もう手遅れだよ。てか、そんな勧誘するからアクシズ教の悪評がたつんだろ？　ほら、さっさとケガ人を治してやってくれ。お前の大好きなアクア様も喜ぶぞ」

「アクア様!? アクア様のためなら仕方がありませんね！ その代わり、報酬のところてんスライムは多目にもらいますよ？」

アクアの名を出したおかげか、セシリーは真面目にやっている。もう、ここは大丈夫だろうと、次に瓦礫撤去を手伝っている怪力組のところに移動した。

ダクネスとシエロが怪力自慢の男性顔負けの働きで、健康的な汗を流している。

「さすが、マッチョコンビ」

「「だから、マッチョって言うな!!」」

声も振り返る動作も同時だったな。

「ご苦労さん。お前ら意外と気が合うんじゃないか？」

「まあ、互いに貴族だからな」

「そうですね」

言われてみればそうだった。話によるとシエロの実家も結構力のある貴族らしいし。

それにしても、これからどうすればいいか。ダニエルをなんとか討伐して、後腐れ無くコンテストに集中したいところだが……。

王都がダニエルにかけた懸賞金は五億エリス。俺の借金は積もりに積もって約八億……仮にあいつを倒せても完済には三億も足りない。

命懸けで魔王軍幹部クラスの敵を討伐したところで、借金は残ったまま。それなら……。

「よし決めた！　当分ダニエルには関わらないようにしよう。さ、気を取り直して、コンテストの優勝をめざそうぜ！」

「そ、その気持ちは嬉しいんですけど……」

「どうしたんだ、シエロ。やけに暗い顔じゃないか」

俺の方をちらちら見ては、何か言いたげな顔をしているのに目を逸らす。

まさか……俺に惚れたのか？

アイドルとプロデューサーでありながら恋人という禁断の関係。……悪くないな。

「カズマ、何か勘違いしているようだが、実は、お前がいない間にリアが言い出したのだ。アクセルハーツを抜けると……」

「そうか、抜けるのか。まあ実力主義の業界だし抜けても――」

アイドル引退なんてよくある話だ、か、ら、……なっ⁉

「って、えええええ⁉　どういうことだ、話を聞かせろ！　リアは今どこに⁉」

「多分、家にいると……」

動揺のあまり、シエロの肩に触れてしまいそうになったが、男性恐怖症を思い出してギリギリで止まる。

リアが抜けたら……アクセルハーツは？ コンテストは？ 俺の借金はどうするんだ⁉

話を聞いてみないことには判断が出来ない。

俺はアクセルハーツが暮らす一軒家へと急いだ――

2

リアの脱退理由を聞くために来たはいいが……どう説得しよう。

勢いで部屋の前に立っているが、問題はここから。

「ほら、カズマからも何か言ってあげてよ」

エーリカに肩を押され扉との距離が縮まる。

さて、なんて切り出すべきか。

「おいリア……。アクセルハーツをやめるって聞いたけど、本気なのか？」

「…………」

返事は、ないか。

「大丈夫、カズマさんは怒ってるんじゃなくて。リアちゃんが心配なんだよ」

シエロが優しく語りかけると、扉が開き、リアが姿を見せた。

背後に見える部屋の有様と漂う悪臭には、触れないでおく。

「……勝手に決めたのはすまない。だが、ダニエルを倒すためには踊り子をしながらでは無理なんだ。世界に危機をもたらす者を、私は倒さなくてはならないんだ」

真面目だー……。記憶が戻ったせいで転生者としての使命感が増したのか？

これで魔王討伐までやってくれるなら、俺の負担も消えてアクアも喜ぶ。だけど、ここでアクセルハーツが棄権するのはマズい……！　優勝賞金を手に入れる未来が消えてしまう……！

「あー、ダニエルが脅威なのはわかる。だが！　そんな時こそ皆に笑顔を与えるアクセルハーツのような存在が必要じゃないのか⁉」

「カズマ……」

「ダニエルの懸賞金は五億、コンテストの優勝は十億……数字で見ても、世間は踊り子コンテストの方が重要だと言ってるんだ！」

つい、本音混じりの説得になってしまった。

「カズマ、それなのだが、トールハンマーの威力を見て、ダニエルの懸賞金は十五億に跳ね上がったぞ」

「じゅっ……十五億⁉」

その一言で説得のために考えていた言葉が、すべて吹き飛んだ。

「数字なんか関係ない。それに……ダニエルは私を狙っているんだ！　それなら私は……使命に生きる」

「そうか……もう何も言うな、リア。プロデューサーとしては名残惜しいが……俺は、お前の選択を尊重する！」

リアの肩を力強く叩き、白い歯を見せる。

そんな俺の言動が予想外だったのか、リアだけではなくシエロとエーリカまでもが仰け反り、全身で驚きを表現していた。

「え、ええええ……っ!?」

「カズマ、説得してくれるんじゃないの!?」

コンテストの優勝賞金は十億。だがリアと一緒にダニエルを倒せば十五億……どちらを選ぶかなんて決まっている！

「よし、リアのダニエル討伐を全力で応援する。俺の知り合いの冒険者全員にも全力で声をかけるよ！」

3

冒険者ギルドには招集をかけた面々がずらりと揃っていた。

「佐藤和真。急に呼び出すとは、一体どんな用件だ？」

腕を組んだミツルギが上から目線で威張っている。

偉そうな態度だが、一番の戦力なので今は我慢しておこう。

「カズマ君のことだから、また良からぬこと企んでるんじゃないの？」

クリスはいつも別の仕事が忙しいらしく、たまにしか見かけないのだが、ダメ元で誘ってみたら来てくれた。

「わ、私なんかがお邪魔しちゃってよかったのかしら……」

「ゆんゆん、きみはもう少し自分に自信を持つべきだ」

おっ、紅魔族のゆんゆんとあるえもいるな。めぐみんへ言伝を頼んで正解だった。

「きっと女神様が取り計らってくださったご縁ですね！　さあ皆さん、お近づきのしるしにこちらにサインを――」

「セシリー、悪いが勧誘は後にしてくれ」

彼女を呼んだのは間違いな気もする。だが性格に難はあるが実力は確か。

他にも呼びかけに従ってくれた冒険者が何人かいる。

「みんな、よく集まってくれたな。実はお前達に頼みたいことがあるんだ」

「ああん、頼みごとだぁ？　俺に借りを作ると、高くつくぜ？」

「偉そうにするのは、みんなに借金と借りを返してからにしなさい」

ダストが絡んできたが、仲間のリーンに小突かれている。

ダストは口も性格も日頃の行いも悪いが、ああ見えてアクセルの街では上位に入る冒険者だ。手綱を握ってくれるリーンがいるなら、役には立ってくれるはず。

「みんなにとっても悪い話じゃない。古代兵器を操る強敵と、伝説に名を遺すかもしれない聖戦をしようっていう話だ！」

「聖戦……悪くない響きだね。確かに執筆の参考になりそうだ」

紅魔族の好みそうなシチュエーションだからな。後ろにいるめぐみんも鼻息が荒い。

ゆんゆんは興味なさそうにしているが、頰が少し赤い。紅魔族の血には逆らえないのか。

「あの、もしかしてダニエルさんの事でしょうか？　確かトールハンマーをあの方が復活させたとか……」

元魔王軍の幹部をしていたウィズは情報収集も兼ねて参加してもらった。バニルも誘ったのだが、ウィズが無断で購入してきたゴミを処分するので忙しいらしい。

「でも前の戦いでは、使用者も雷のダメージを受ける諸刃の剣だったよね？　もしかして、あれを手に入れちゃったの？」

クリスの質問にめぐみんがうなずく。

「奴はその後ヤールングレイプルを手に入れ、トールハンマーを制御することに成功したのですよ……正直羨ましいです」

「あの時はソードマスターであるこの僕も同行したのですが、力及ばず……申し訳ありません、女神様」

アクアに対して恭しく頭を垂れるミツルギ。

「えっと……同行してたかしら？」

「してただろう？　忘れてやるな、可哀相に……」

「女神さまああああ……っ!!」

露骨に落ち込んでいるが、静かになったので放っておくか。

「とにかく、ダニエルとトールハンマーの組み合わせは危険だ！　そう……これは世界規模の危機的状況なんだ！　で、頼みってのは他でもない。冒険者として、この事態を黙って見過ごすわけにはいかない。そうだろう？」

俺の言葉に正義感の強い連中は真面目な顔で聞き入ってくれた。だが、通用しない相手もいる。

「断る！　超だりい！」

即答で断ったのは、ダストだった。

「ダスト、耳を貸せ……もしアクセルが襲われたりしたらどうする？　俺達の憩いの場である、あのサキュバスの店が……」

「カズマ、やろうぜ！　今こそ全員で力を合わせる時だ！」

「急にやる気に……ダストに一体何を吹き込んだの？」

ころっと態度を変えたダストに、疑いの眼差しを注ぐリーン。

ダストは簡単に落ちた。次にやる気がないのは——

「なあセシリー。ここで一枚嚙んでおけば、アクシズ教の株が上がって信者が増えること請け合いだぞ？」

そこでアクアに目配せをする。

視線を感じたアクアは首をかしげていたが、俺がにらみつけると思いが通じたようで、セシリーの手を力強く握った。

「今回の一件は私にもちょーっとだけ、責任があるの。だから、手伝ってくれると助かります」

「アクア様……私、とっても面倒ですけど、この人に協力します！」

この取り扱いに難があるプリーストも、アクアがいればまともに働くだろう。

残りは紅魔族の二人か。

「あるえ。めぐみんに聞いたかもしれないが、例の古代兵器はやばいくらい格好いいぞ。生で見てみたくないか？」

「……ふむ、それは見逃せないね。執筆の糧になりそうだ。私も協力させてもらうよ」

「ゆんゆんは、えーっと……」

「い、行きます！　私はめぐみんのライバルだから!!」

……誘導が楽で助かる。

「今は少しでも助けが欲しい……みんな、よろしく頼む！　もちろん報酬は弾むぞ!!　ダニエル達は近隣の村を襲いながら、アクセルの方に迫ってきてる……この街であいつを食い止めるんだ!!」

「「「「おー!!」」」」

俺、アクア、めぐみん、ダクネス、ダスト、リーン、ミツルギ、セシリー、クリス、ゆんゆん、あるえ、ウィズ。

結果的にかなり有力な仲間が集まったな。これは、いけるんじゃないか……？

4

作戦会議を開いている最中に、ダニエルについての新たな情報が舞い込んできた。

「ダニエルが隣の村を襲撃したそうだ。村人達はかろうじて避難したが、建物は全壊らしい」

テーブルに広げた地図を指差し、ダクネスが情報を伝える。

「おのれ、ダニエル……罪もない人々の家を奪うとは！　いますぐダニエルを討ちに行きましょう！」

「焦る気持ちはわかるが、少し落ち着こうか」

激高するミツルギをなだめる。

相手は強敵だ。作戦もなしに勝てる相手じゃない。

「……ダニエルは王都で見境なく攻撃を仕掛けてきた。だが、村人が誰も死んでないことからすると、今のダニエルは人に危害を加えるのが目的じゃないらしい。だったら何が目的だ？」

「そういえば以前、『魔王軍に再雇用してもらう』とか言っていた気がする……魔王軍に自分を売り込みたい、とか？」

リアの言葉を聞いて俺も思い出した。戦闘中にそんなことを口走っていたな。

「……それだ！　街や村を破壊して自分の実力を宣伝するのが、今のダニエルの目的ってことだ!!」

「宣伝って、なんだかみみっちいわね……」

「みんな、この地図を見てくれ……これがダニエルの進行ルート。次はいよいよアクセルの街に来るはず……！」

そこを迎え撃つのが妥当だろう。

「そういえばエーリカさんとシエロさんは？　リアさんが来てるのにあの二人がいないなんて珍しくないですか」

ゆんゆんに言われて初めて気づいた。

そういや、あの二人はどうした？

「……二人はまだ王都にいる。コンテストに向けて練習中だ」

唇をかみしめ、うつむくリア。

「二人にも協力してもらった方がいいのでは？　今は少しでも戦力が――」

「めぐみん、それはダメだ！　シエロとエーリカには、踊り子になる夢がある。その夢のためにも、こんな危険な作戦に参加させたくない」

「……リアはいいのか？　コンテストに向けてあんなに頑張ってきたというのに」

今度はダクネスが問いかける。

「世界が危険な時に、暢気に踊り子などやってられない……。シエロとエーリカには、私の代わりを見つけてもらって。コンテストで優勝を勝ち取って欲しい……それが私の夢だ」

その苦渋に満ちた顔を見て……本心だとは思えない。

「本当にいいんだな？」

「ああ。ダニエルを倒さなければコンテストの続行も危うい。私の使命のためにも、戦わなくちゃいけないんだ」

本人がここまで言うなら、もうこちらから言うことはない。

少しでも戦力が欲しいところだし、リアの意志を尊重しよう。

「決意は固そうだな。正直、ダニエルとまともにやり合おうと思ったら、魔導鍵盤の力は絶対必要だし。助かるよ」

あのバリアがあるとないとでは、勝率が大きく変わってくるからな。

5

アクセルの街の前に陣取る俺達。

相手は強敵だが、これだけのメンツを集められた。勝機はある……と思う。

「間もなくだ。みんな、準備はいいな？」

「もちろんです。早く爆裂魔法を食らわせたくてうずうずしていたところですよ」

めぐみんにはこの戦いのために、日課の爆裂魔法を控えさせていた。

その鬱憤はダニエルに思う存分、ぶつけてくれ。

「なんとしても皆を守る。それが僕の使命だ‼」

ミツルギが暑苦しいぐらいの闘志を燃やしている。元からの性格にアクアの前という状況がプラスされて、やる気は十分すぎるぐらいだ。

「使命、か……」

そんなミツルギを見て、自嘲気味に呟くリア。

……まだ吹っ切れていないみたいだな。

「たーのーもー‼」

「リアちゃん、会いに来たよ！」

緊張感が満ちる中、それを吹き飛ばすような大きく明るい声が草原に響いた。

「シエロ？　それにエーリカも……。どうして来たんだ、コンテストはいいのか⁉」

駆け寄ってくる二人の姿を確認して、リアが驚きの声を上げた。

「そのコンテストのために来たのよ！」

「やっぱりリアちゃんがいないとダメなんだ。お願いだからアクセルハーツに戻ってきて？」

二人に手を握られたリアは、一瞬だけ嬉しそうに微笑む。

だけど、直ぐに顔を伏せて頭を左右に振る。

「……私が踊り子を続けてたのは、記憶を取り戻すためだ。全部を思い出した今、活動を続ける意味なんてない」

と言いながらもその顔は寂しそうだ。

「そんなの知らないわよ。てか、コンテストの真っ最中に急に抜けたいだなんて勝手すぎるわ！」

「勝手を言って二人には迷惑をかけたと思ってる。本当にすまない。でも、今の私にとって本当に大事なのはダニエルを止めることだ。私には、トールハンマーを止める力がある。その力を人々のために使わず、暢気に踊ることなんて出来ない」

「……リアちゃん、歌と踊りが大好きだって言ってたよね？　あの言葉は嘘だったの？」

「歌と踊りより……使命の方が大切だ。二人は絶対に戦いに参加しないでくれ」

「リア……」

さっきより、別の意味で空気が重くなってないか。

口を挟めるような状況じゃないよな。でも、ここは戦いの前のわだかまりをなくすためにも、あえて――

『緊急警報！　緊急警報！　街の北東にダニエルとチャーリーが現れました!!　ダニエルは危険な古代兵器トールハンマーを所持しています！　冒険者の皆さんは正門前にお集まりください！』

スピーカーから流れるギルド職員の声を聞いて、冒険者達が武器を構える。

「カズマ君！　予想通りダニエルが現れたよ!!」

クリスが目を凝らして上空を睨みつけている。

その視線の先には二頭のワイバーン。背中にはダニエルとチャーリー。

「グオオオオオ……」

ワイバーンが地面に降り立ち、その背からダニエルとチャーリーが現れる。

「おやおや……そろいもそろって。ダニエル様に黒焦げにされるために来たのか？」

「む……おおリア、会いたかったですよ！　お待たせしてすみません、あなたの未来の夫です！」

ダニエルの気持ち悪さが増している。

「ああ、私も待っていた。お前を倒す今日という日を！」

リアは必要以上に入れ込んでいる気がする。仲間の二人を拒絶して、引くに引けない状態に自ら追い込んだ。その結果か。

「ダニエルさん、自棄になってはダメですよ？　まずは話し合いを――」

「黙りなさい、ウィズ。魔王軍の裏切り者め。……仲間を集めたところで、このトールハンマーの前では無意味ということを教えましょう!!」

雄々しく掲げたのは稲光を発するハンマー。

「おお……あれがトールハンマー……！　確かに文句なしの格好良さだよ！」

「でしょう!? あれは我ら紅魔族の琴線に激しく触れるものです！　さっさと奪って、じっくり愛でましょう!!」

「二人とも、そんな状況じゃないでしょ。しっかりしてよ！」

そして、それを見て喜ぶ、あるえとめぐみん。

紅魔族の唯一の良心であるゆんゆんが、二人を叱っている。

「貴様ら風情が、古代兵器を手にした我が主君に太刀打ち出来るとでも!? ふはは！　片腹痛いわ!!」

主であるダニエルよりもチャーリーの方が偉そうだ。

「いいんですよチャーリー。分からず屋には体で教えてあげましょう……」

人間状態からトロールへと変化していく、二人。

「最初から全力というわけか……相手にとって不足はない。さあ、その雷撃を私に食らわせてみるがいい!!」

怯えるどころか嬉々として向かっていくダクネス。

「カ、カズマ……本当に魔導鍵盤で防がなくていいのか？」

「あいつの発言は無視していいぞ。タイミングは俺が指示する!!」

「さあ、いきますよ……！　我が雷の威力、受けてみよ!!」

ダクネスに狙いを定めたようだが、その余波だけでこっちは壊滅しかねない。

「今だ！　リア、頼む！」

「魔導鍵盤……私に力を貸して!!」

6

一進一退の攻防が続いている。……いや、正確には押され気味だ。

攻めようにも、相手の攻撃を唯一防いでくれるバリアの射程圏からは出れられず、防御ばかりで攻撃に移るタイミングがない。

「はぁ、はぁ、なかなかやりますね。ですがここまでです……稲妻よ!!」

「くっ……このぉ……!!」

今までで最大の雷撃を、リアの魔導鍵盤で張ったバリアが食い止める——

「駄目です……！　何とか防いでますが、だんだん押されていますよ！」

「どれだけの雷撃を放てるんだ、あの古代兵器！　いくらなんでもチートすぎんだろ⁉」

それに、リアの消耗が激しすぎる。このままじゃ……。

膝をついた状態で荒い呼吸を繰り返す、リア。限界が近いのは明らかだ。

そんなリアに駆け寄る二つの影。

「リアちゃん‼」

「リア‼」

「シエロ、エーリカ！　二人とも、どうして……？　来ないでって言ったのに‼」

「リアちゃんだって勝手に脱退してボク達を困らせたでしょ？　だからボク達も好きなようにさせてもらったんだよ」

「足手まといって言われても。アンタが戦ってるのを指をくわえて見てるなんてお断りよ！」

「シエロ、エーリカ……！」

美しい友情はいいんだが、戦闘中だぞ。話し込んでいい状況ではない。ここを、敵に狙われたら一網打尽だ。

「なんと、素晴らしい。推しのこういう姿はたまりませんね……」

「ええ、最高です！　尊いです！」

……ダニエルとチャーリーが、ハンカチで目元を拭いながら見入っている。

これがファン心理か……。

「どんな苦しいことだって一緒だよ！　ボク達はこれからも絶対、リアちゃんのそばを離れないから！」

「アタシ達の力を合わせれば、出来ないことなんて!!」

シエロとエーリカが歌い始めると、それに呼応するかのように魔導鍵盤も光り輝く——

「これは、魔導鍵盤の力が膨れ上がって……？」

「リアちゃん、歌おう！」

「だって……アタシ達は三人でアクセルハーツなんだから！」

「……うん！」

三人が声を揃えて熱唱すると、バリアが更に激しく光り輝く。

戦場で突然歌い出す意味が分からないし、なんか今にも消えそうだったバリアの光が増しているけど……ま、まあ、いいか！　結果オーライだ！

「これは、彼女たちの仲間を思う気持ちに呼応して、バリアが強化された……みたいな、感じね！」

アクア、ふわっとした解説ありがとうよ！

「なんだと……!?　結界が元の強度を取り戻した!?　否、さらに大きく!?」

「状況説明、ご苦労さん！　ダニエル達に隙が出来たぞ、攻撃を撃ち込め！」

リーン、あるえ、ゆんゆんが一斉に魔法を放つ。

不意を突かれたダニエルが仰け反っている。

「グオオオオ!!　雑兵どもが……小癪なあああああ!!」

着実にダメージは与えている。理想的流れが来ているが、耐久力が自慢のトロールを倒すなら念には念を入れるべきだよな。

「リア、エーリカ、シエロ、耳を貸してくれ」

三人に駆け寄ると、思いついた作戦を伝える。

「——やれるか？」

「大丈夫だとは思うけど……そんな事をしていいのか？　もし、タイミングが少しでも遅れたら……」

自信なくうなだれるリアの両肩に手を添える。

「責任は俺が取る！　だから、安心しろ！　アイドルが何かやらかしたとしても、それをどうにかするのがプロデューサーの役目だ！　こんなに輝ける最高の舞台、二度と無いぞ。

お前達の最高のパフォーマンスを俺に見せてくれ！」

「「「はい！　プロデューサー!!」」」

腹をくってくれたか。

成り行きで始めたプロデューサー業だが、ここで初めて一つになれた気がする。

「僕も手を貸そう……ゆくぞ！　魔剣グラムの力、とくと味わえっ!!」

「うっし、俺も便乗して行くぜ！　ちょっとは活躍しないと分け前がな！」

前衛のミツルギとダストが追撃し、更にダメージを与えた。

「グオアアアアアアア!!」

「よし、効いてる！　これだけ弱ってたらレベル差も関係ない！　今こそあれの出番だ……クリス!!　あれをやるぞ！　あと、アクア、セシリー。魔法で俺とクリスの幸運値を上げてくれ！」

「よく分かんないけど、分かったわ！『ブレッシング』ッ」

「アクア様、私は可愛い女の子を担当しますね！『ブレッシング』ッ」

戦闘向きの職ではない、俺達が活きる場面はここだ！

「あたしのスキルがこんな土壇場で役立つなんてね！　カズマ君に教えてから、パンツ脱がせ魔の師匠なんて汚名を着せられたけど……なんだかうれしいよ！」

「『『スティール』ッッッ!!』」

「ははは、こんな時にスティールなど……。残念ながらトールハンマーは盗めなかったようですね」

ダニエルが少し慌てた素振りで手元のトールハンマーを確認してから一息吐き、余裕の笑みを浮かべる。

「あたしが手に入れたのはこれだよ……あはは……」

「ああっ！　それはたった一枚だけ残ってたリアのブロマイド！　最後の一枚なのに……」

クリスは精神的ダメージを与えたみたいだが、外れだったか。

「ダ、ダニエル様……！　ブロマイドではなく、盗まれたものをちゃんと見てください！」

「何を言っているのです。奴らの盗みたかったトールハンマーはここにありますよ？　さあ、今度こそとどめを──」

「だからダニエル様！　手をよく見てください!!」

チャーリーは気づいたようだが、ダニエルは聞く耳を持たない。

「──唸れ、稲妻よ!!」

トールハンマーからほとばしる雷光は俺達を……狙わずに、ダニエルの元に落ちた。

「ンギャアアアアアアアアア!!」

「残念だったなダニエル！　俺が盗んだのはトールハンマーじゃなくて……これだ！」

悲鳴を上げていたダニエルに向けて、手にした黒い手袋を突き出す。

俺の狙いは初めからこっちだったんだよ！

「ヤールングレイプル!?　手袋がなくなったせいで感電したわけですか……返しなさい!!」

「返せと言われて返すわけないだろ？　めぐみん、ウィズ、ぶちかませ!!」

この時のために温存しておいた爆裂魔法。

それも機動要塞デストロイヤーを壊滅寸前まで追い込んだ、二人の魔法だ！

「この時を待ちわびましたよ！　いきます！」

「『エクスプロージョン』ッッッ!!」」

放たれた二つの爆裂魔法の光がダニエルに突き刺さる直前――

「今だあああああっ!!」

俺が絶叫すると同時に、青く光を放つバリアが張られた。――ダニエルとチャーリーを取り囲むように。

爆裂魔法がバリア内で炸裂(さくれつ)、その威力は外に漏れることなく内部で何度も弾(はじ)ける!!

何倍にも膨れ上がった威力で、地面には巨大なクレーターだけが残された――

「はっはっは、この俺様の実力あってこそだな。お前ら感謝しやがれー！」

「あんたは大したことしてないでしょうが」

ダストとリーンの相変わらずなやり取りが聞こえてくるが聞き流しておく。

「とにかく、終わったんだな……！」

あとはあっちが無事に片付けば。

ちらりと横目で確認すると、アクセルハーツの三人が真剣な顔で見つめ合っていた。

「リアちゃん……。ボク達、リアちゃんが抜けるって言った時、すごく悲しかったんだよ？　そしてすごく心配したんだよ？　ボク達を置いて、一人で戦おうとしてるから」

「シエロ……」

「アタシ達は三人でアクセルハーツ。踊るのも冒険に行くのも、リアがいなきゃ始まらないわ」

「エーリカ……！」

「でも……こんなに二人に迷惑を掛けて……。今さら踊り子を続ける資格なんか……！」

本当に真面目だな。ごめんね、ですむ話だと思うんだが。

「何事かを突き詰めることに理由なんていらないのです。そう、爆裂道も踊り子の道も同じですよ」

……同じじゃないだろ。

「思う存分、好きなことをすればいいのよ！　リアは踊り子、続けたいんでしょう？」

「うん……。シエロ、エーリカ……心配かけてごめん。そしてもう一度、私と踊り子ユニットを組んでくれるか？」

「もちろんだよ！　今度は抜けるなんて許さないからね？」

「新生アクセルハーツ、結成よ！　優勝も街の平和も、両方手に入れてやるんだから!!」

固い握手を交わす三人。

こっちもなんとかなったようだ。

実にいい流れだ！　ダニエルの討伐報酬で借金は返せるけど、これならコンテスト優勝賞金の方も手に入れられる……かもしれない!!

◇エピローグ

あれから、コンテストの本選に挑んだアクセルハーツは実力と街を救った話題性により優勝。

それにより討伐報酬とコンテストの賞金が手に入った。

借金を返済して、各自に報酬を支払っても、俺の手元には唸るほどの金が残るはずだったのだが——

「ショーが大盛況で終わって良かったわね。お姉さん、からあげとシュワシュワ一つお願い！」

ギルド内の酒場でシュワシュワを飲んでいると、俺の隣にアクアが座った。

「あれは素晴らしかったです。キレッキレの踊りと歌に、思わず見惚(みと)れてしまいましたよ」

「経験が活かされたのだろう。初めて会った頃とは比べものにならない出来だったからな」

そして、正面にめぐみんとダクネス。いつものメンバーがそろった。

「そうですね……」

「カズマはなんで不満顔なの。全部上手(うま)くいったじゃない。借金もなくなって、ショーも終わったのに。もうちょっと喜びなさいよ」

確かにすべてが上手くいった。――ショーの終盤までは。

そこまでは何も問題はなかったんだ。

「そうだな、万々歳だよ。ショーの最後に誰かさんが感極まって『ここで得た利益と賞金をすべて寄付します！』なんて、言わなければな！」

視界の隅で黒髪が大きく縦に揺れた。

「あ、あれは、テンションが上がって……。街に甚大な被害が出てたから……っ、つい」

何かぼそぼそと言い訳を口にしているようだが、無視をして続ける。

「誰かさんも便乗して『可愛いアタシ達に任せて！』とか言い出すし」

「えっと、だってぇ、みんなに注目されて気分がよかったから……」

黒髪の隣でピンクのツインテールが左右に揺れている。

「一人ぐらいはまともかと思ったら、止めもしないでニコニコ笑ってるだけだしー」

「あの、貴族として、人々の生活を……」

貴族の証である金髪の髪が、黒髪とピンク髪の後ろに隠れた。

さっきから頭がちらちら見えているだけだったので、酒場のテーブルから身を乗り出して視線を落とす。

そこには床に正座している三人――アクセルハーツがいた。

そう、こいつらはショーの最後に俺の許可無く……とんでもないことを口走りやがった。

あれだけいる観客の前での発言だから撤回するわけにもいかず、借金を支払った後に残っていた膨大な金はすべて――寄付した。

「あーあー。本当なら今頃は大金が手元にあって、自堕落な毎日を過ごせたんだけどなあああああ」

嫌みったらしく愚痴をこぼすと、三人が寄り添い身を小さくしている。

「見てくれよ、この貧相な打ち上げ会場を。予定じゃ高級レストランを貸し切ってどんちゃん騒ぎをするはずだったんだけど、これですわ」

鼻で笑い肩をすくめ、だるそうに首を巡らすとギルドの職員と目が合った。気まずい空気が流れたので、すっと目を逸らす。

「カズマ、それぐらいにしてあげてください。カズマは口が達者ですから本気で責めると、大抵の女の子は泣きますよ？」

「そうだ。不満があるなら、すべて私にぶつけるがいい！　さあ、罵詈雑言を思う存分浴びせてくれ！」

めぐみんと通常運転のダクネスに止められて、一旦黙る。

三人とも本気で反省しているようなので、これ以上はもうやめておくか。

実は——全部を寄付したと見せかけて、それなりの額は残しているからな。

これだけ言っておけば、誰も俺が大金を残しているなんて思わない。これはアクア達も知らない俺のへそくりだ。

一生遊んで暮らす計画は頓挫したが、しばらくは何もしないでのんびり暮らしていける。

「はああああ、もういいよ。借金は返済出来たんだ。それだけで十分だと思う——」

「あれー、何か忘れてない？」

「カズマ、会場が変わったなら言えよ。店員に『わびの代わりに尻触らせろ』って文句言ったら警察を呼ばれたじゃねえか」

背後から声がするので振り返ると、クリスとダストがいた。

更に入り口からウィズ、リーン、セシリー、あるえ、ゆんゆんが現れる。ダニエル戦で活躍した面々が、打ち上げ会場であるこの酒場に到着したようだ。

「みんな来たのか。豪勢には……無理だけど、宴会の金ぐらいは残っているから。まあ、適当に飲み食いしてくれ」

「うひょー、タダ酒、タダ飯。よーっし、一週間分ぐらい食いだめすんぞ！」

「やめてよ、恥ずかしい」

料理をがっつくダストをリーンがたしなめている。

「久しぶりに、ところてんスライムじゃない物を食べられるわ。あっ、これお持ち帰りしてもいいわよね。ちょっと、それ譲りなさいよ！」

「嫌なこった。俺は二日借金取りに追い回されて、その間飯抜きだったんだぞ！」

「私だって昨日エリス教徒の炊き出しを奪ってから、食べてないのよ！」

あっ、セシリーとダストが骨付き肉を奪い合っている。

醜い争いだ。関わり合いたくないから放置しておこう。

「わあ、これが憧れの打ち上げ……」

「ゆんゆん、感極まって泣くほどの事ではないだろうに」

こういった場になれていないゆんゆんの感動する姿を目の当たりにして、あるえがため息を吐いている。

「うんうん、こういうのいいよね。いい息抜きになるよ」

クリスだけが純粋に楽しんでくれているようだ。

「ここは俺の奢りだから、遠慮はいらないぞ」

「気前がいいじゃねえか！　お、そうだ、金だ金！　そういや、俺は報酬まだもらってねえぞ？」

ダストが大声で絡んできたせいで、他の連中も集まってきた。

あっ、こいつらにも報酬を払わないと……。

ちょっ、ちょっと待ってくれ！

「おいおい、まさか忘れていたなんて言わねえよな？」

「まさか、ゴミ虫の分際で忘れていた、なんてふざけた事を言わないわよ、ね？」

「そうだ、カズマさん！　バニルさんがグッズのお金がまだとか言ってました。『もし払わずに悪魔との契約を違えるようなら、どうなるか分かっておるな？』なんて私に怒るんですよ」

迫るダストの隣でウィズが頰を膨らませている。

ヤバい、グッズの製作費は後払いに変更してもらったんだった！

「……ああ、もう、くそ！　払う、払ってやるよ！　シュワシュワをじゃんじゃん持ってきてくれ！」

結局、借金を返しただけで手元には残らないのかよ！

「じゃあ、私が取って置きの宴会芸を披露するわ！」

「では、私も夜空に大きな爆裂の花を咲かせましょう！」

「ま、待つんだめぐみん！　これ以上、アクセルの街で問題を起こすと父に怒られる！」

酒をかっくらう俺の周りで仲間達が、いつものように騒いでいる。

他の連中もバカ騒ぎに交ざり、収拾が付かなくなってきた。

アクセルハーツが歌い踊り、アクアが芸を披露し、詠唱を始めためぐみんが取り押さえられ、それを羨ましそうに見つめるダクネス。

はあー。いつも通り楽しい夜だよ、くそったれ！

あとがき

皆様、お久しぶり？　初めまして？　どちらかわかりませんので、軽く自己紹介を。

私は以前『この素晴らしい世界に祝福を！』のスピンオフ作品である『あの愚か者にも脚光を！』を執筆させていただきました。

そのご縁もあり、今度は『この素晴らしい世界に祝福を！　ファンタスティックデイズ』のノベライズを担当することと相成りました。

とまあ、私のことはこれぐらいにするとして内容に触れますね。

本作はゲームの第一部のストーリーとなっています。ゲームのイメージを壊さず、原作である『このすば』らしさを小説として前面に出す。この二つを心がけて書いたつもりです。

ゲームで既にストーリーが出来上がっているので、これは楽な執筆では！　なんて甘い考えを抱いた自分をぶっ飛ばしたくなるぐらい実は手間がかかりました。なんせ、第一部の台詞（せりふ）量が膨大で、普通に書き下ろしたら一巻では収まりきらないのですよ。どれを削るか、どの話を膨らませるか。色々頭を悩ませるポイントがありました。……がっ、そんな苦労よりも再び愛すべき『このすば』の面々を書ける喜びが勝ったのですが！

ゲームオリジナルキャラであるアクセルハーツの三人。リア、エーリカ、シエロ。彼女達の個性と活躍も見物ですよ。

しかし、今回は意外な形で『このすば』に関わることになりました。まさか、ゲームのノベライズを任せられるとは思いもしていなかったので。

この素晴らしいご縁に感謝をしなければ！

暁なつめ先生。毎度お世話になっております！『愚か者』に引き続きよろしくお願いします！　このご時世ですので体には十分お気をつけください。

三嶋くろね先生に、イラストを担当していただけるとは！　作者として、というより『このすば』のファンとして楽しみでなりません。

ゲームを製作されたSｕｍｚａｐの皆様。面白いゲームをありがとうございます！　ダストの出番が意外に多くてニヤニヤしています。

他にもスニーカー編集部、担当さん、その他多くのこの小説に携わってくださった皆様、本当にありがとうございます！

昼熊

この素晴らしい世界に祝福を！ ファンタスティックデイズ

原作 暁 なつめ
著 昼熊

角川スニーカー文庫 23079

2022年3月1日 初版発行

発行者 青柳昌行
発 行 株式会社KADOKAWA
〒102-8177 東京都千代田区富士見2-13-3
電話 0570-002-301（ナビダイヤル）

印刷所 株式会社暁印刷
製本所 本間製本株式会社

◇◇◇

Printed in Japan ISBN 978-4-04-112436-9 C0193

★ご意見、ご感想をお送りください★

〒102-8177 東京都千代田区富士見 2-13-3
株式会社KADOKAWA 角川スニーカー文庫編集部気付
「昼熊」先生
「暁 なつめ」先生／「三嶋くろね」先生

角川文庫発刊に際して

角川源義

第二次世界大戦の敗北は、軍事力の敗北であった以上に、私たちの若い文化力の敗退であった。私たちの文化が戦争に対して如何に無力であり、単なるあだ花に過ぎなかったかを、私たちは身を以て体験し痛感した。西洋近代文化の摂取にとって、明治以後八十年の歳月は決して短かすぎたとは言えない。にもかかわらず、近代文化の伝統を確立し、自由な批判と柔軟な良識に富む文化層として自らを形成することに私たちは失敗して来た。そしてこれは、各層への文化の普及滲透を任務とする出版人の責任でもあった。

一九四五年以来、私たちは再び振出しに戻り、第一歩から踏み出すことを余儀なくされた。これは大きな不幸ではあるが、反面、これまでの混沌・未熟・歪曲の中にあった我が国の文化に秩序と確たる基礎を齎らすためには絶好の機会でもある。角川書店は、このような祖国の文化的危機にあたり、微力をも顧みず再建の礎石たるべき抱負と決意とをもって出発したが、ここに創立以来の念願を果すべく角川文庫を発刊する。これまで刊行されたあらゆる全集叢書文庫類の長所と短所とを検討し、古今東西の不朽の典籍を、良心的編集のもとに、廉価に、そして書架にふさわしい美本として、多くのひとびとに提供しようとする。しかし私たちは徒らに百科全書的な知識のジレッタントを作ることを目的とせず、あくまで祖国の文化に秩序と再建への道を示し、この文庫を角川書店の栄ある事業として、今後永久に継続発展せしめ、学芸と教養との殿堂として大成せんことを期したい。多くの読書子の愛情ある忠言と支持とによって、この希望と抱負とを完遂せしめられんことを願う。

一九四九年五月三日